文庫

パリ仕込みお料理ノート

石井好子

文藝春秋

パリ仕込みお料理ノート　目次

台所ずいひつ

シャンソン・ド・パリ

パリ仕込みお料理ノート

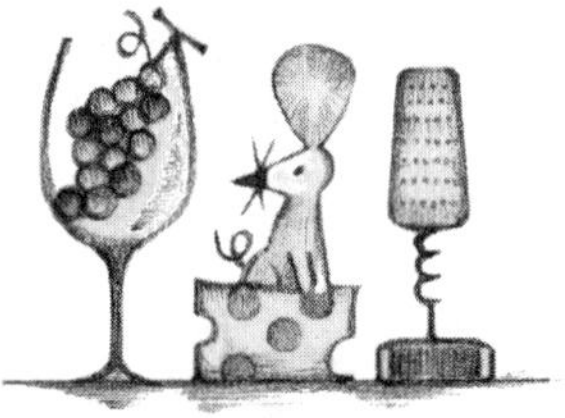

目次・扉カット　福田利之

台所ずいひつ

その目ざめは遅くとも

幼いころ私は、胃腸が弱くて、いつも柔らかいものばかり食べさせられていた。「好子ちゃんは何が好き?」と聞かれると「パンパン」と答えた。おかゆやうどんより、パンが好きだったのだろう。

おいしそうなものは食べられないもの、とあきらめて育った。

友だちの誕生日によばれても、食べなれぬものを食べてお腹をこわしたらたいへんと、食事時には行かせてもらえなかった。

じょうぶになったころは戦争中だった。そして終戦を迎えたから、おいしいものを食べたいという気持ちは、押えられて過ごした。

料理に興味を持ちだし、おいしいものを食べたい、何か自分も作ってみたいと思いだしたのは、フランスへ行ってからである。三十歳近くなってからだから、私の食べ物への目ざめは、たいへん遅いのである。

幼いころ食べた、なつかしい食べ物について書け、というアンケートをもらったことがある。

私はなんだったろうと考え、病身だった幼児期を思い起こし、母がこんがり焼いてくれたバタートーストかもしれないと思った。

子どものころいつもいつも食べさせられたものは、もう見るのもいやという人が多いが、私はいまだにパンが好きである。おいしいパンがあると聞くと、少しくらい遠くともわざわざ買いに行く。

パン食いのフランス人の中で、長いこと暮らしたからかもしれない。


フランスのパン屋は、朝、昼、晩と三回パンを焼き、主婦は三度三度の食事に、日本人がご飯をたくのと同じように、焼きたてのパンを買いに行く。

フランスパンといっても、その種類は多い。一般の人々が買うのは、バゲットという長い棒パンである。夕方など棒パンを買いに行かされた子どもが、ゆうわくにかられて、先のほうをかじりながら歩いている姿を、よく見かける。

バゲットの細めなのは、フィセルと呼び、お客さまのときなどに出す。

太めで短いのはパリジェンヌ、ホテルやレストランでは、丸くて平たいタバティエール（かぎたばこ入れ）、丸くて上にきずをつけて焼いたシャンピニオン（マッシュルーム）、コッペ型のクッペ、それに細長いル・ティールブション（栓ぬき）が出される。
フランスパンというと、私の年代の人たちはすぐ戦中、戦後に出まわったコッペパンを思い浮かべ、かたくてまずいパンだと敬遠しがちである。しかしコッペならぬクッペは、外側がかりっと焼け、中は腰のある柔らかさで、ほんとうはおいしいパンなのだ。

おいしいフランスパンも、時間をおけばかたくなり、歯もたたない。しかしビニールの袋に入れておき、いささかふにゃっとして舌ざわりの悪くなったのを、天火かロースターで焼き直せば、またぱりっとしたおいしいパンに立ち直る。

フランス人の主食はパン、日本は米なら、ドイツはじゃがいも、イタリアはパスタ（麺類）であろう。

ドイツでは、料理のつけ合わせに、必ずおいしいじゃがいものゆでたのが出るので、パンを食べる人は少ない。しかし朝食には黒パン、といっても茶色いパンの薄切りが出る。

ビールのさかなには、黒パン、ソーセージ、ピクルスが合うと思っていたが、ドイツに行ったら、朝から黒パンであった。パン皿の横にはサラミとチーズがのっている。なんだか朝食らしからぬ感じであったが、なれればそれもおいしいのだろう。

薄く切った黒パンにまんべんなくバターとチーズを塗り、上からはち蜜をかけて、毎朝食べているドイツ人がいた。彼は十年来これ以外の朝食は食べたことがないといっていた。

アメリカ人はふつう、上質の粉で作った甘味のある白パンを食べる。その白パンはふわふわと柔らかく、焼いても表面だけ焦げて、たよりない。

イギリス風の食パンは真四角ではなく、ふたをせずに焼くので、上が山型にふくらんでいる。上等のイギリスパンは、ちぎるときパンのすじ目に添って縦にすーっと切れる。こくがあり、粉くさくない。焼いてもしんまでこんがりと焼ける、おいしいパンだ。

トーストをあつらえるとき私はいつも、「よく焼いてね」「焼きすぎるくらいにね」と頼む。しかし、めったにおいしいトーストにはお目にかかれない。

まず知りたいのは、なぜあんなに厚く切るか、ということである。イギリスではトーストは厚さが一センチで、メルバトーストなどは、五ミリより薄く切った食パンを、天火でかりかりに焼いたものだ。

トーストは、きつね色によく焦げているところがおいしいので、厚さが三センチもあって、外側だけがうっすらと焼けているのは、トーストとはいえないと思う。中がふにゃっと冷たいトーストは、生パンに近い。

だいたい、生の食パンは胃にもたれる。お医者さまも胃腸病の人には、「トーストならよいけれど、生パンはやめておきなさい。それよりおかゆがよいですよ」という。

私はトーストが好きなので、サンドイッチもたいていホットサンドを食べる。

クラブハウス・サンドイッチというのは、トースト三枚の中に、レタス、トマト、フライドエッグ、ベーコン、ローストチキンをはさんだ、大ぶりの三段がまえのサンドイッチで、初めて食べたときは感激した。

昼食に夜食に向いているし、来客に出しても喜ばれるが、三段になっていると食べにくい。また全部の材料がそろわないことも多い。

だから、トーストにトマトの薄切りと、かりかりに焼いたベーコンをはさんで食べたり、あるときはハムエッグをはさむ。ハムエッグの場合は、卵の黄身をつぶして焼かないと黄身がたれてきて食べにくい。

バタートーストは、意外と日本の味にも合う。白魚のつくだ煮とか、牛肉の大和煮などをはさんで食べると、また変わった味が楽しめるものである。

サンドイッチは、いつごろ、どこの国で作られたものか知らないが、ブリッジやかけごとの好きなサンドイッチ伯爵だか侯爵が、遊びながら食べられるものを作れとコックに命じ、パンとパンの間に、肉だの野菜だのをはさんだものを作らせたから、それがサンドイッチと名づけられたという。

たとえサンドイッチ伯でなくとも、いずれだれかが考え出しそうな食べ物である。

サンドイッチとひとくちにいっても、いろいろな種類があるものだ。

日本人が食べなれているサンドイッチはイギリス風で、薄切りの食パンの間に、薄く切ったハム、冷肉、きゅうり、卵などを入れた、品のいいサンドイッチである。アメリカ式は、トースト用に切ったあまり薄くない食パンに、いろいろな材料をはさむ。

アメリカに留学していたころ、家庭に下宿していたが、朝食がすむと、学校やお勤めに行く女性たちは、台所にとび込んで、パンを二枚取り出し、冷蔵庫をあけて自分の好きなものをパンの間にはさみ、パラフィン紙に包んで、ハンドバッグに入れて出かけた。これが彼女たちのランチ、すなわちお弁当であった。

その日の気分で、バターのかわりにマヨネーズを塗り、ハムにレタスとか、レタスにチーズ、前夜の残りのローストチキンをはさんでいたが、お弁当作りに要する時間は一分足らずで、それを初めてながめたときは、こんなサンドイッチの作り方もあるのかと、驚いたものだ。

アメリカに「ブロンディー」という漫画があるが、その家の亭主ダグウッドはお腹が空くと台所にはいり込み、冷蔵庫に首をつっ込んで、二枚の食パンにはさみ切れないほど野菜や肉を積み重ね、大口をあけて食べる。ときにはお風呂の中にまで持ち込んで食べる。一時はダグウッド・サンドイッチというのも売り出されたようであったが、ほんとうのサンドイッチというのはそういうものかもしれない。

パリのサンドイッチにも、初めは驚かされた。もちろん、品のいいパーティーなどではイギリス風の薄いサンドイッチを出すが、キャフェで食べるのは、ごつい、あごの疲れるサンドイッチである。

バゲットを三〇センチくらいの長さに切り、まん中に刃を入れてバターを塗る。そして、ハムやチーズ、パテ（ペースト）などをむぞうさにはさみ込んだものである。大きな笛でも吹いているような格好でかじる。それでも、パンが焼きたてなら、皮がぱりぱりしていておいしいが、少し時間がたったパンのときはかたくて、歯の悪い人などはとても食べられたしろものではなかった。

オランダとか北部ドイツ、北欧へ行くと、オープンサンドを食べる。パンの上にレタスを一枚敷いて、その上にサラミやソーセージ類、スモークドサーモン、サーディン、チーズ、卵、トマトなどがのっているのは、見た目にもきれいだし、ナイフ、フォークを使って食べるところがしゃれていた。

オランダでは、うなぎやあなごのくん製をトーストの上にのせて食べたが、珍しくてとてもおいしかったことをおぼえている。

メキシコオリンピックに先だって、一九六七年度全米サンドイッチコンテストのチャンピオンという男性が来日した。チャンピオンは自分の行きたい国を二か国旅行できるので、彼は日本とインドを選んだのだそうだ。

彼の優勝作品は、〝メキシコ・アンバサダー〟という名で、フレンチロールの中にべーコン、チーズ、アボカド、レタスのせん切りをはさみ、チリーソースをかけたものとあった。フレンチロールというのは、コッペパンの形で、パン質の柔らかいものである。それを横二つに開いてその中に、ベーコンの焼いたのとチーズの薄切り、レタスのせん切りをのせ、アボカドはバターがわりにこってり塗りつけたらしい。

アボカドとは南米、中米の人が好んで食べ、北米でも暖かい地方ではとれる、小さい木になる果物だ。外側はかたい青黒い皮でおおわれている。真二つに切ると中に大きな種がはいっていて、実はクリーム色、香りは果物だが、味は果物とは思えないこってりしたクリームバターの味である。

食べる場合も果物としてというより、前菜としてレモンをしぼり、スプーンですくって食べたり、薄切りにして他の野菜とあえ、フレンチドレッシングをかけて食べる。彼のサンドイッチには、ドレッシングのかわりにとうがらし入りのチリーソースをかけて、味をこくつけている。

全米コンテストに優勝した作品としては、なんだかたいしたことのないように思ったが、カロリー満点で、ボリュームがあり、いじりすぎず、きっと味もよかったのだろう。

そのあとで東京でも、あるパン製造会社がサンドイッチコンテストを行ない、私は審査員のひとりとして出席した。

広い会場には、白いテーブルクロスをはったテーブルがいくつも並び、その上に家庭の主婦が作った百種類以上のサンドイッチがのっていた。実に色とりどりの美しさで、テーブルの上に花が咲いているようだった。

ずいぶんアイディアや工夫がこらしてあった。

「アーラきれい」「すごいな」と皆を立ちどまらせたのは、大きな銀盆にのせたデコレーションサンドイッチだった。

デコレーションケーキのカステラがわりに食パンを使っていて、レース模様に飾ったホイップドクリームの上には、いちごやかんづめの果物がきれいに切れてのっていた。

見た目には豪華で美しいが、食べてみたいとは思わなかった。

もちろんパンにジャムをつけたり蜜をつけたりするから、パンと甘いものは合うわけである。しかし、パンの上に白いホイップドクリームをのせ、パイナップルやみかんや桃のかんづめをのせるより、カステラの上にのせたショートケーキのほうがおいしいのにと思う。

日本調を生かした作品としては、山菜をあしらったもの、わかめのごまあえ、パンをごはんがわりののり巻きなどがあった。

いったいこれはどうして食べるのかしら、と首をかしげたくなる、見た目本位のサンドイッチも多かった。食べにくいサンドイッチ、食べられない花飾りでうずまっているサンドイッチ、そんなのは邪道ではないだろうか。コンテストの審査をしながら、これならためしてみたいと思ったのは、やはりオーソドックスなサンドイッチであった。

十数人の審査員が選んで優勝した作品は、わかめのサンドイッチであった。そして二位は、でこでこのデコレーションサンドイッチだった。

わかめのサンドイッチは味もよかったし、日本の食品を生かしたアイディアもよいが、いささか老人向きと思えた。そして二位のデコレーションサンドイッチは、あまりにも子どもだましに思えた。

しかし考えてみれば子どもは甘いものが好きだ。私だって子どものころは、ホイップドクリームなど見ると、胸がわくわくしたのだから、童心に戻ればデコレーションサンドは感激的なサンドイッチなのかもしれない。

子どものころ一番好きだった本は食べ物がいっぱい出てくる『不思議の国のアリス』であった。

アリスが一番はじめに飲んだ飲み物は、「さくらんぼ入りのパイとプリンとパイナップルとキャンデーとバターを塗ったトーストパンを混ぜ合わせたおいしいおいしい味」と書いてある。子どもの好きそうなパイやプリン、その中にバタートーストの味を入れているところが、いかにもイギリスらしい。

「気ちがいのお茶の会」という章がある。

女王さまの命令で、いつも三時という時刻に生きていなければならなくなった帽子屋がいる。帽子屋が友人のうさぎやアリスといっしょに、家の前の木の下にテーブルを出して、バタートーストと紅茶のポット、茶わんをいっぱい広げ、ぐちゃぐちゃ理屈を並べながら飲み続けているシーンがある。

また「パイをぬすんだのは誰か」という章では、法廷の証人として呼ばれた帽子屋が、片手に紅茶茶わん、片手にバタートーストを持ってはいってきて、

「王さまお許しください。呼びに来られましたとき、まだお茶をすませていなかったものですから」というのである。

イギリスではオフィスでさえ、十時と三時にはクッキーまたはバタートーストとお茶が出る。

イギリス領事館にビザをとりに行ったとき、ビザに書き込みをしていた館員が、「ちょっと失礼」と手を休め、運ばれてきたバタートーストを食べながら、ゆうゆうと紅茶を飲み出したのであっけにとられたことがあった。大英帝国は優雅なお国柄である。

小学校の向かい側に小さい薬局があって、そこでは昼になるとパンを売っていた。お弁当を持ってこない子どもたちは、昼休みになるとその店に群がって、われ先にとパンを買った。

クリームパン、チョコレートパン、アンパン、カレーパン、それにジャミパンなどが

あった。

今でいうイギリス風食パンに、バターと食紅で色つけした異様に赤いジャムが塗ってあるジャミパンというものを、今の若い人たちは知らないだろう。ジャムといわず、ジャミと呼んだその呼び名が、おかしくもなつかしい。

ずっと後私は、アメリカやヨーロッパに長く住んだが、アンパンはもちろん、クリームパン、チョコレートパンなどというものにお目にかかったことはない。カレーを入れた揚げパンなどというのは、インドにあるのだろうか。そのようなものは、日本人が作り出した、日本独特のパンといえるだろう。

悲しいときにもおいしいスープ

私はスープが好きで、朝食にスープがつけばパンがよりおいしく食べられるし、疲れたときの夜食にはスープが何よりと思う。

昼なども、スープとパンで簡単に食べたいなとよく思うが、スープの出前というのはないのが残念だ。

だから家ではよくスープを作る。改まって鳥がらや骨つき肉でスープをとるというのではなく、残り野菜と固型スープを使って手軽に、残り物の整理をかねて作る。

うれすぎのトマト、残り物のキャベツ、にんじん、玉ねぎ、じゃがいも、それにあればパセリにセロリと、なんでもぶつ切りにしてバターでいため、ちょっと塩、こしょうしてから固型スープで煮るいなか風のスープである。煮上がったところを、つぶし器でぐいぐい押すようにすると、あらいどろどろのポタージュができる。

平たいスープ皿にたっぷり盛りつけ、バターかサワークリームをちょっと落とし、ほかほかと湯気の立っているのをいただけば、からだはしんから暖まって、満ち足りた平和な気持ちになる。

スープはほかの食べ物とちょっと違う、不思議なものを持っている。

パリでお互いにひとり暮らしをしていたころ、オペラ歌手の砂原美智子さんが病気になった。胃腸を悪くしてやせ細り、「何も食べられない」「何も食べたくない」という。「何も食べなかったらダメよ。おかゆを作ってあげる」というと、おしょうゆで味つけした野菜スープなら食べられそうだといった。そこで、毎日野菜スープを作りに通った。野菜を細かく切って、塩と少量のしょうゆで味つけしたスープのお味見をしていたら、子どものころを思い出した。病気のとき、母がよく作った野菜スープと同じ味だったからである。

同じパリ時代、私のピアニストをしていた初老の男性が、癌でなくなった。奥さんはイギリス人で、パリには親類もなく、また子どももいなかったので、心細さと悲しみに、ただただ泣き続けた。

そのときも私は、スープを作った。台所にあったじゃがいもをゆでてつぶし、牛乳でのばし、塩、こしょうで味つけしたポテトスープだった。彼女はしゃくり上げながらも、スープを食べたあとは少し落ち着いた。

病人でも、悲しみに沈んでいる人でも、スープならなんとか食べられる。スープとはありがたい食べ物である。

コンソメのように澄んだものは、ふつう飲むというが、ポタージュの場合、フランスでは食べるという言葉を使う。肉や野菜を大ぶりに切って煮込んであれば、ナイフやフォーク、それにスプーンを使って食べるからだろう。

日本では、コンソメはすまし汁、ポタージュはどろっとしたクリーム状のものと決めている。しかし、スープが澄んでいても、中に野菜や肉片が浮かんでいれば、フランスではポタージュと呼ぶ。

日本の西洋料理はまだレストラン風で、家庭料理になっていない。ポタージュというとレストランで出すもの、レストランで食べるものと思い込んでいるようだ。レストランのポタージュのように、裏ごしをした手をかけたものでなくてよいのだから、家庭的なスープをもっともっと作るようにしてはどうだろうか。

先日一か月ソ連公演を行なっていた歌手と楽団が帰国したが、「夜、公演が終わってからスープを食べられなかったのが、残念だった」と語っていた。

ソ連ではスープは昼食に出る習慣だそうで、ボルシチとか野菜や魚を煮込んだソーリャンカ、ぎょうざのはいったペルメニーなどの暖かいスープは、公演後の夕食では食べられなかったのだそうだ。

フランスはその反対で、昼食にはスープはとらず、夕食、夜食にスープが出る。ウィークエンドの昼食は前菜つきの大ごちそうで、時間をかけてたっぷりと食べるので、夕食のメニューはたいていの家庭がスープとサラダである。そのスープ・ア・ラ・メゾンと呼ばれる家庭風スープである。

家庭のスープこそフランス人にとっては母の味で、幼き日の思い出につながるものだろう。

私がよく作る鳥のスープ。これはお米を入れた日本人向きスープなので、作り方を書いてみよう。

材料は、鳥の切り身少々、トマト中一個、玉ねぎ中一個。トマト、玉ねぎはざくざくに切って、鳥の切り身とともに、固型スープと水でごとごと二〇分煮る。そのあとざるでざっと他のなべにスープを移し、鳥の切り身だけ取り出し細かく切ってスープに入れ、野菜は捨てる。鳥のスープにお米を少々入れ、また二、三〇分煮ると、どんなかたい鳥も柔らかくなる。鳥とおまじり入りのスープ、一度ためしていただきたい。

ほうれんそうをざっとゆでてから、ミキサーにかけるかまたは細かくきざんでスープと牛乳でのばす、ほうれんそうスープもおいしい。ほうれんそうだけでなく、長ねぎ、セリなどを入れるともっと味がよくなる。緑色のスープはいかにも健康的で、ビタミンがふえるような気持ちになる。

めんどうくさいのはきらいという方には、スイートコーンのかんづめをなべに入れ、牛乳でとかし、塩、こしょうで味をととのえて終わりという、コーンスープもよいだろう。

レストランでオニオングラタンを注文する方はたいへん多い。グラタン皿の中でまだぐつぐつ煮えているオニオングラタン。茶色に柔らかく煮えた玉ねぎスープの上に、パンと、とろっと焼けてとけたチーズがのっているのを、スプーンでくずしながら食べる味は格別だ。

私もオニオングラタンをときどき作ってみるが、なかなかむずかしい。しかしオニオンスープは簡単にできる。

薄切りの玉ねぎを、バターで根気よくきつね色になるまでいためため、塩、こしょうして、ひたひたになるくらいの分量のスープで煮ればでき上がりである。スープ皿にたっぷりよそって、上にこんがり焼いたトーストをのせ、粉チーズをかければ、オニオングラタンに近い味である。

でもやはり、お皿ごとあつあつに暖まっているグラタンでなくてはダメという方もいるだろう。深めのグラタン皿にスープをよそい、その上にグラタン皿の大きさに切ったパンをトーストしてのせ、チーズものっけて、うんと熱した天火で上側をこんがり焼く。

天火が強くないと、パンがスープに浸って膨張し、パンスープみたいになってしまう。

パリのキャフェでは、大どんぶりで焼いた煮立っているのを持って来て、別のスープ皿にざっとあけてくれる。フォークとスプーンを使って食べるのは、グルュイエール・チーズがまるでチューインガムのようにのびるからだ。

〝グラティネ〟といえば、フランス人の夜食にはかかせぬものなのに、フランスのオニオングラタンはあまり日本人向きではない。分量が多すぎるし、チーズもたっぷりで、チューインガムのようにのびるチーズと戦っているうちに、いやになってしまうのだ。

お客さまのためのスープは、なんといってもコンソメである。高級レストランのメニューにかかせないのもコンソメで、冬は暖かく、夏は冷たく冷やして出す。冷やすと、骨つきの肉でとったスープはゼリー状になり、冷たい口当たりがいっそうおいしく感じられる。

レストランでコンソメを味わえば、その店のコックの腕がわかる。牛のすね肉を長時間煮込み、ブーケ・ド・ギャルニ（パセリ、セロリ、にんじん、ねぎなど香りのある葉を束にしたもの）を入れてもう一度煮立たせて味をととのえ、さらに卵白でこしたコンソメには、時間と手間をかけた高級な味がある。

ヴィシスワーズ（ヴィッシー風クリームスープ）もこのごろはよくメニューにのって

いる。これも、冷たいクリームが舌の上でとける、夏向きのおいしいスープである。

ヴィシスワーズは、私たちでもおいしく作れるので、簡単な作り方をご紹介しておこう。

六人前として、じゃがいも中一個、セロリ一本、ねぎ一本、玉ねぎ半個。

これをみじん切りにして焦げつかせぬようにバターでいためため、塩、こしょうして、鳥の固型スープで柔らかくなるまで煮る。つぶし器でよくつぶし、金あみでざっとこす。どろどろの野菜の残りは、かくはん器でこするようにすると、薄めのポタージュがとれる。それを冷やして、生クリームかサワークリームを半本入れる。生クリーム、サワークリームがない場合は、牛乳一本を入れてもよい。

冷たく冷たく冷やしてガラス器に入れ、みじん切りのパセリをパラパラとふって供するが、とてもおいしいのにびっくりされると思う。

これにビーツ（赤大根）を煮た赤い汁を少々落とすと、ピンクヴィシスワーズになる。ピンクのクリームスープは、とても可愛らしくてしゃれている。

このようなスープを作りはじめたなら、なぜ今まで作らなかったのかと、とても残念に思われることだろう。

現代版ウツミ豆腐

夜遅い仕事が多かったころ、私はよく朝食を抜かした。そして夜遅くまで働いて朝食も食べないのに、なぜ太ってしまうのだろうと嘆いていた。ところがある本に、「朝食をとらないと、前夜食べたものが消化せず体内に残って、かえって太る」とあった。

まさかと思ったが、やせたい人は、朝、少量でも胃に入れなくてはいけないと書いてあるので、ジュース一杯でも卵一個でも食べるようにしてみた。朝食をとらないと、そのまま昼ごろまで空腹を感じないものだが、朝何か食べると、胃腸の働きがよくなるせいか、お腹のすき方が早い。朝食をとるととらないでは、こんなにも胃腸の働きが違うものかと驚いた。

私の朝食はパン食であるが、夫は日本式の朝食を好む。長いことアメリカ暮らしをしていたので、反動的に和食が好きになったらしい。干物に大根おろし、月見とろろにたらこ、おひたしになっとう、といったぐあいである。

彼には好物が一つある。それは暖かいたきたてのご飯にバターを混ぜしょうゆをたらしたおかかを混ぜ合わせ、その上におみそ汁のお豆腐をのせて食べることである。

気味が悪いな、と思われる方もあるだろう。私も初めは変なことをする人だと思ったが、ためしてみたらとてもおいしいので、ときどきまねをする。

その後「辻留」の辻嘉一さんの本を読んでいて〝うずみ豆腐〟なるものを発見し、古人もまた同じようなことをしたのかと、おかしくなってしまった。茶道の『古槐記』にも、享保九年十二月の夜食として〝ウツミ豆腐〟というのがのっているそうだ。

それは濃い白みそ仕立ての中で、大きく切った豆腐を煮る。茶わんに煮立って浮き上がったばかりの豆腐を盛り、その上にたきたてのご飯をのせ、白みその汁をかけ、もみのりとときがらしを添えてすすめるという。

京都の茶人は今でもその〝うずみ豆腐〟を懐石料理として作るらしいが、夫はそれを知らず、現代版としてバター入りで賞味しているのであった。

ご飯にバターを混ぜるのは、いためご飯とはまた違った味である。洋風うずみ豆腐でないときも、たきたてのご飯にバターを混ぜ、小魚のつくだ煮、あるときはふりかけ、または細かくきざんだ野沢菜などを混ぜて食べるとおいしい。

このバター飯は、意外とファンが多い。渋沢秀雄先生とお話ししていたら、先生もバター飯党で、

「おみおつけにチーズってのも悪くないですよ」

「コンビーフの茶わん蒸しもおいしいですな」

といわれ、びっくりした。

しかしおみおつけが、油っこいものと合うのは確かである。私も朝食にトーストとおみおつけということもあるが、バターを塗ったトーストとおみそ汁の味が、渾然と口の中でとけ合うのは、たまらなくおいしく感じられる。玉ねぎのおみそ汁のときなど、ぱらぱらと粉チーズをふりかけ、渋沢式オニオンスープの気分を味わう。

日曜の朝などは、ゆっくりした気分で、ホットケーキを作ることもある。

アメリカ人は朝食として蜜をつけたホットケーキを食べたり、お砂糖のべったりとついた〝デーニシュ・ペーストリー〟という甘いパンを食べる。

フランス人もフランスパンやクロワッサンばかり食べているわけではない。甘い朝食の好きな人も多くて、茶色っぽいカステラ風のパン・デ・ピスや、卵のはいった、ふわっと焼いたブリオッシュ、干した果物がはいっている〝ケーク〟と称するケーキを食べる。

コンチネンタル・ブレックファーストというのは、パン、バター、ジャム、それにミルクコーヒーという簡単な朝食だが、フランス人は食いしん坊のくせに、朝はコンチネンタル風である。それにひきかえ、食通でないといわれるイギリスやアメリカの人々が、朝からたっぷり食べている。

イギリスの朝食は豪勢だ。

まずこんがり焼いたトーストのおいしさは別にしても、マフィン、スコーンなど、暖かい焼きたてのパンやビスケットがあるし、薄く柔らかく焼いたパンケーキも食べる。ベーコンやハムつきの卵料理、トマトやマッシュルームのバターいため、ある人は朝からステーキやマトン・チャップを食べている。卵料理つきのアメリカ人さえ、驚いてながめる分量である。

私たちも茶がゆ、白がゆなどを食べるが、中国の朝食はおかゆといわれる。おかゆの作り方は地方によって違っていて、南はスープで煮込み、北は白がゆだそうだ。また饅頭のこともあり、上流家庭では、白がゆか饅頭のほかに四つの冷たい前菜、四つの点心が出るということだから、イギリス人におとらず、バラエティーに富んだ朝食をとっているようである。

国の違いそして各人の好みの違いで、朝食もずいぶん種類が違う。健康のためにも、また美容のためにも朝食はとるべきものなのだから、それをおいしく食べる工夫をしたいものだ。

ある北の町の宿に五日間滞在したことがあった。そこの板前さんは、朝食に毎回変わった卵を食べさせてくれた。一日めは卵焼き、二日めは目玉焼き、三日めは半熟卵、四日めはいり卵、五日めは揚げ卵といったぐあいだった。

卵一つにしても、お客さまに毎回趣向を変えて食べさせるという気構えがうれしく、今でも忘れられない。

私も朝食の卵は自分で料理する。ちょっとした火かげん、ちょっとした味かげんで、卵料理はおいしくもまずくもなるからだ。

オムレツがむずかしいといわれるのも、短時間で作るためにコツがいるからだ。目玉焼きなどは、子どもでさえ作れるやさしい料理と思いがちだが、白身を焦げつかさずふっくらと、黄身は半熟に焼くのはむずかしい。ちょっとした心づかい、ちょっとした火かげんで、でき上がりがはっきり違う。

先日旅に出ていて、乗ったタクシーの中でなんとなく、流れてくるラジオを聞いていた。やさしい女性の声が、卵焼きが好きで好きで、朝も昼も夜も卵焼きを食べているかえるの子の話をしていた。音楽入り擬音入り、油の熱したところへジャーッと卵を割り込む音など聞いていると、私まで卵焼きが食べたくなってしまった。

〝巨人、大鵬、卵焼き〟は子どもの好きなものといわれるが、卵焼きが好きなのは子どもだけに限らない。おとなの私だって卵は好きだし、また、もし卵がなければ、お料理をするときにどんなに不便だろうと思う。

卵そのものを料理にしなくても、てんぷらの衣やお菓子にも卵は必要だ。かつ丼だって、親子丼だって、卵がなくてはできない。すき焼きだって、生卵をつけて食べればますますおいしい。この世の中に卵がなかったら……と考えるだけで、さびしい気がしてしまう。

しかしその大好きな卵が、このごろはあまりおいしくなくなってきた。運動もさせず、機械的に食べさせ、短期間に育てた鳥から生まれてくる卵は、昔の卵とは違ってしまった。

私の子ども時代、にわとりとは農家の裏庭でコッコココーと声をあげ、あたりを見まわしながらひょこひょこ歩き、楽しそうに餌をついばんでいたものである。からをかたくするために、貝がらのくだいたものを食べさせていた。だから卵のからはかたく、割れば黄身はオレンジ色に近い健康色の卵であった。このごろのような、からはすぐ割れ、黄身は薄いクリーム色などという、栄養失調の卵ではなかったのである。

しかし昔のおいしい卵は高価で貧しい人々の食卓にはのらなかった。大量生産の今は誰もが口にできるものとなったのだから、どちらがよいかということは、簡単にきめられない。

本当においしい卵なら、半熟として食べるのが一番ありがたい。からを割って塩をふりかけ、スプーンですくって食べるとき、ほんとうの卵の味がわかる。おいしい卵に出会ったときは、なんともいえずうれしいものである。

ソースあれこれ

一口にソースといっても、ずいぶんいろいろな種類があるが、私たちが家庭で作るソースは、せいぜいホワイトソース、ベシャメルソース、トマトを使ったドミグラスくらいであろう。

私は若いころ、ホワイトソースを作ってだまになり、手のほどこしようがなくなって以来、恐れをなし、長いこと作らなかった。しかしこつを覚えてからは、これほど簡単で利用価値の多いものはないので、早く覚えておけばよかったと、しみじみ思った。

フライパンにバターをたっぷりとかし、粉を入れ、次に牛乳でのばす。これだけのことだが、私の覚えたこつを書いてみよう。

バターをとかす場合は、油状になるまでよくとかすこと。バターの分量に対して粉が多すぎぬこと（バターの中で粉を混ぜるとき、クリーム状までのかたさにする。それ以上粉を入れてころころにすると、のばしにくい）。

牛乳は前もって暖めなくとも、牛乳を入れるときフライパンを火からおろして混ぜると、だまにならない。なお、金物でかきまわすとでき上がりの色が悪くなるといわれるが、われわれしろうとは、少しくらいの色は気にしないで、泡立て器を使って混ぜると失敗しない。これに塩、こしょうで味をつければ、ホワイトソースができ上がる。ホワイトワインを少々入れるとこくが出る。

ホワイトソースの使いみちは多い。

その中にほうれんそう、グリンピース、じゃがいも、かぼちゃなど、野菜のゆでてすりつぶしたのを入れ、牛乳でさらにのばせば、ポタージュスープができる。

ホワイトソースあえのグラタンといったら、数えきれぬほどの種類がある。その場合は、ゆで汁と牛乳と半々でとかしたベシャメルソースのほうがよい。煮汁が加わるから、味にこくが出る。魚や野菜を煮るとき、だぶだぶに水を注がないで、ひたひたで煮る。そして、塩、こしょうをし、レモン汁も少々絞り込むか、あるいはレモンの皮を入れて煮込み、このスープでのばすと、牛乳でのばすだけよりずっとおいしいソースができる。

このソースを魚や野菜、鳥にかけたり、またはグラタン皿に盛って焼く。舌が焼けそうに熱いグラタンは、秋から冬にかけては特にごちそうである。

にんじん、玉ねぎ、セロリをみじん切りにし、バターでよくいためる。きつね色になったら、粉少々入れてさらにいためて、スープでのばし、トマトピューレ、またはトマトペーストまたはトマトジュースを入れて赤みをつけ、なおゆっくり煮込む。野菜がくずれるほど煮えたら、ざっとこしてケチャップを少々入れ、塩、こしょうで味をととのえて作ったのが、ドミグラスである。

これでシチューを煮込んだり、またこのソースで赤い色のグラタンを作るとおいしい。野菜でも、いためたなすは、ドミグラスでグラタンに作ると実によく合う。スパゲティー、マカロニにも合うし、いためご飯にもこれを混ぜれば、ケチャップとは段違いの味になる。

洋食にはよくスパイスを使う。

ヨーロッパの人々にとって、スパイスはなくてはならないものだったらしく、コロンブスの航海目的も、熱帯地方のスパイスを求める意図であったという。

スパイスの中で私たちが最もよく使うのはこしょうで、一般的には白っぽい粉を使っているが、黒こしょうのほうが香りも強く、風味がある。このごろでは、レストランでも粒こしょうを出して、各自でガリガリと器を回して料理に振りかけることもできるようになった。もちろん、コーヒーはひきたてのものを飲むのがおいしいように、こしょうだってひきたてほど香りが高い。

同じペッパーといっても、レッドペッパー、カイエンペッパーと呼ばれる赤いとうがらしもある。これは日本にある〝七味とうがらし〟によく似ている。

これに似てあまり辛くないのがパプリカで、ハンガリー料理にはなくてはならないスパイスである。ハンガリーの人が笑いながら話していたが、それこそ何の料理にもパプリカを入れ、少し赤みがかったパプリカ色がつかないと、味けがないと感じるそうだ。そのほかにも、クローブ、タイム、フェンネル、セージ、ナツメッグ、とスパイスの数はかぎりない。

しかし、スパイスの入れすぎは、日本人の口には合わない。塩、こしょうは別として、せいぜいオールスパイスを、ほんの少々ふりかけるくらいが適当のようだ。オールスパイスはいろいろのスパイスを合わせたような風味がある。

ステーキやハンバーグ、その他の肉をフライパンや天火で焼くと、取り出したあとに焦げた肉のかすと油が残っている。その場合は、油を捨ててしまって、残りのこげこげにスープ（固型スープをとかしたものでよい）をざっと入れて、焦げたところをこそげて、とかすようにする。場合によっては、おしょうゆを入れて濃い味にしてからこすと、おいしいソースができている。

ホワイトソースやドミグラスとまた違った、さらっとした、そして肉の味がしみ込んでいるソースである。

日本では、味もみないで、なんにでもすぐソースをかけて食べる人がいる。〝洋食とはソースをぶっかけるものなり〟と決め込んでいるごとく。トンカツはもちろんのこと、魚のフライ、ポテトサラダ、オムレツなどにざぶざぶかけてしまう。それはかつて、洋食が今のように発達していなかったころ、味つけも悪かったので、ソースをぶっかけてやっと食べた名残りなのであろうか。

この日本のソースは、イギリス製のウースターソースにちょっと甘みを加えた味である。西洋皿に盛られたご飯にソースをかけただけの一皿をソーライと称し、学生食堂、安食堂で売っているそうだ。それをみても、日本人はソース好きなのだなと思う。

キャベツにソースをかけるのも、日本人独特の食べ方だ。アメリカでもヨーロッパでも、キャベツはフレンチドレッシングまたはマヨネーズであえて食べる。キャベツとソースは、日本人の発見した味なのだろう。

この夏父母の山荘で、夕食に魚のフライが出てきた。大きな切り身で、海に遠いところだからあまりおいしくない大味の魚であった。

父が「これには何をかけるのだろう」と聞くが、横についている薄切りのレモンだけでは、どうもたよりなさそうだ。といってマヨネーズソースはあったが、別にタルタルソースは出ていない。

マヨネーズソースだけではなんだかサラダみたいなので、「マヨネーズにソースを混ぜてみたら」とためしに食卓の上で作ってあげた。皆そのまねをして、おいしいおいしいとほめた。

料理の味が大したことはない場合、ソースはそれを助けてくれる。おしょうゆもまた日本製のすぐれたソースである。ソースとマヨネーズならぬ、おしょうゆマヨネーズもおいしい。

私たちの食生活は、おしょうゆなしでは考えられない。

今から十五年前、パリで自炊生活を始めたとき、一番困ったのはおしょうゆの買えないことであった。

私たち日本人にとっては、ステーキだっておしょうゆで食べたいし、バターいためだってからしじょうゆで食べたいこともあるのだ。まして日本料理ならしょうゆなしで作ることは不可能に近く、私たちの生活におしょうゆはしみとおっているのだなと、しみじみ思った。

フランス料理の大家、料理の大使などといわれているムッシュ・オリビエが数年前来日したので、「日本のコックの腕前をどう思いますか」と聞いてみた。

彼は「日本料理を食べてみて、私はおいしいと思いました。しかし、西洋料理のコックが日本料理で育っているというのは、けっして喜べることではないのです。日本人は〝おしょうゆ〟にたよって料理をしている。西洋のソースは味を求め作り出すのです。

さがして、味わって作るのがソースです。日本の料理人もそのことをもっと知ってほしい」と答えた。

興味深い言葉として、今も心に残っている。

高すぎるステーキよりは

私は子どものころ、ビーフステーキがきらいだった。ステーキというものは、ぱさぱさとのどに通りの悪い肉のかたまりと思っていて、食卓に出されるとがっかりした。今から三十年も前は抗生物質もなかったので、食当たりはたいへん恐ろしい病気であった。胃腸の弱い子どもだったので、母はステーキも生焼きは恐れて食べさせてくれず、ウエルダンもウエルダン、中まですっかり火の通ったステーキを食べさせた。だから、ビーフステーキ、すなわちぱさぱさの味もそっけもない肉というのが、私の印象であった。この考えは三十歳すぎるまで変わらず、ごく最近になって、やっと私はステーキをおいしいと思うようになった。

そんなふうだから、今でもあまりステーキは食べない。だいたい日本のステーキの高さはまるで宝石なみで、値段を見ただけで食べる気が起きなくなってしまうのも、一つの原因である。ステーキ好きの子どもを五人かかえたら、その家の主人はいくらかせいでも足りないといえるだろう。

外国を旅行してきた日本人は、外国の牛肉をけなす。「日本の松阪肉を食べさせてやりたいですよ」と誇らしげにいう。

しかし考えてほしいのは、その松阪肉を食べられる日本人は、国民の何パーセントかということである。

アルゼンチンという国は牛肉があり余っていて、一般の庶民は、「牛肉を食べないですむような金持ちになりたい」というそうだ。日本とはあまりにもかけ離れているので、うそのようなその話を忘れられない。

フランスではアパートの番人も女中さんの家族も、週に二回は分厚いステーキを食べていた。そのステーキは松阪肉や神戸ビーフより味はおとっていても、ステーキには違いないのである。

私は高すぎるステーキに憤慨しているのでめったに食べないが、それにかわるおいしい肉もたくさんある。まず豚の骨つきあばら肉がそれだ。

骨に添って切ると十二、三本の肉つきの骨が切れる。おしょうゆとお酒同分量、みりんを少々加えたつけ汁に、二、三時間つけてから、天火でゆっくり、外側がこんがり色づくまで焼く。

その焼きたてのおいしいこと。

骨に添ってがりがりかじるのはいささか野性的ではあるが、おしゃれをして現われたご婦人でさえ、これを出すとお行儀もなんのその、骨にかぶりつく。若い男性たちはそれこそ目の色を変えて食べる、すばらしい肉料理である。

こんなことを書くと、豚のあばら肉が値上がりをして損をするかもしれないが、お知らせせずにはいられないほどおいしいのだ。

鹿児島の〝とんこつ〟とは、この骨つきあばら肉を、焼酎、砂糖を入れた濃いみそ汁で煮込んだ料理である。

日本独特のとんかつ、かつ丼、親子丼も安くておいしい。最近の鳥は味が落ちたとはいえ、小さめに切って煮たり、焼いたり、揚げたりすれば、味が落ちたことに気づかず食べられる。おしょうゆは鳥の臭みをとるので、から揚げの場合はしょうゆ、酒、みりんに少しつけてから揚げたほうがおいしい。

日本人は牛の舌やオックステイル、豚のまめをあまり使わないのでとても安い。

「牛の舌なんて気味悪い」などといわず、確かに形はよくないが、月桂樹の葉を入れ、ことことと長いこと煮込んで皮をむき、薄切りにして、しょうがまたはからしじょうゆで食べたら、あっさりしておいしい。ドミグラスソースで柔らかくなるまでゆっくり煮込んだタンシチューは、それ一皿で充分のごちそうである。

「牛のしっぽ？　ああ、いやらしい」という前に、五センチの長さに切ったしっぽをこんがり油でいため、みじん切りのにんじん、セロリ、玉ねぎもこんがりいため、小麦粉を入れさらにいため、トマトスープで二時間もゆっくり煮たら、すばらしいオックステイルシチューができる。

ビーフシチューとはまた違った味で、慣れさえすればビーフシチューよりも上等なのだから、ミセスは偏見をなくして作ってほしい。そうすれば高いステーキなど、横目でうらやましげにながめながら通りすぎることはなくなるはずなのだ。それに牛肉を食べてやらなかったら、少しは値段も下がるかもしれない。

とはいえ、世の男性はステーキ好きである。夫もその例にもれず、ステーキが好物だ。だから私は、心ならずもたまにはステーキを買いに行く。

目ききのいる店なら、「今夜食べるのを」といえば、食べごろを切ってくれる。しかし電話で注文したりすると、えてして新しすぎる肉が届く。牛肉は食べごろを見定める目がなくては、おいしく食べられない。魚と違って肉の場合、新鮮なほどおいしく値うちがある、というわけにはいかない。ピンク色できれいなのは新しすぎ、むしろ、ちょっと黒みがかったほうが、焼けばおいしい。

新しい肉をそのまま焼いてしまったら、身がしまりすぎてかたい。そんなとき私は、厚手のステーキ用の肉でも、たたいて平たく薄くのばし、ミニッツステーキのようにして食べる。

ミニッツステーキとは、名のごとく一分間で焼けるステーキのことで、厚さは一センチくらい。たとえ厚さ三センチのサーロインステーキでも、たたいてのばせば一センチの厚みになり、たたいてあるので筋もよく切れて、新しすぎる肉でも、おいしく食べることができる。そのうえ、一人前は二人前の大きさにのびるのだからありがたい。

しかし、一日、二日待てるものなら、肉の表面をにんにくの切り口でこすり、塩、こしょうした上に玉ねぎの薄切りをのせて、上からオリーブ油をかけておく。このようにしばらくねかせておいてから焼けば、たいていの肉も柔らかくおいしく食べられる。

ステーキの一番おいしい食べ方は、炭火のおきで焼く〝チャコールステーキ〟であろう。このごろは台所で炭を使わなくなったから、これはめったにできないが、バーベキューなどのときにためされれば、肉のあぶらは下に落ちて、さっぱりとした、香りの高いすばらしいステーキを堪能されることだろう。

パリの百貨店でぎざぎざのはいった厚手のフライパンを買った。これで肉を焼くとぎざぎざの波間にあぶらが落ちて、炭焼きと同じようにさっぱりとでき上がる。育ち盛り、働き盛りの方には、あぶらこくないからむしろ不満かもしれないが、太りたくない私にはたいへんありがたいフライパンである。

ある雑誌に女優さんのお得意料理というのがのっていた。〝ステーキ〟と書いてあるので、なぁーんだと思った。フライパンでただ肉を焼くだけのものが、私のお得意料理とは、といささかあきれてしまったのだった。

しかしよく考えてみると、ほんとうにおいしいビーフステーキを作るというのは、よい肉を選ぶことからはじまり、食べどきを見定め、そしてうまく焼くという、なかなか技術がいるということがわかってきた。

サラダ・デ・フルュイ　ジョリ　ジョリ　ジョリ

パリに住んでいたころ、私はアパート住まいで、自炊をしていた。日本から来た旅行者を高級なフランス料理店へ案内しても、旅に疲れ、洋食にあきた方たちはあまりありがたがらず、むしろお茶づけを食べたがるので、よく料理をさせられたものだ。「ほんとうにお茶づけでいいのです」と遠慮がちにいわれても、なにしろお茶は、日本から送られてきた香りもうせたお茶だ。そのうえおつけ物はない。凝った人はビールにパンくずを入れて発酵させ、ぬかみそごときものを作っていたが、私はキャベツを塩でもんだり、きゅうりの酢づけを出したりでごまかした。

パリのきゅうりはまるでうりのように長くて大きく、中にぶつぶつの種がいっぱい詰まっていてまずい。ある日八百屋の店頭で、長さ一〇センチのかわいらしいきゅうりを見つけて、大喜びで買った。

「そればかりで足りるのか」と店の人にきかれたのは、私はもろきゅうを出すつもりで、ほんの六、七本しか買わなかったからだった。フランス人は、それこそ一〇キロも買って、ピクルスを作る。

小さいきゅうりの出まわるときは、ほんのわずかな時期だから、それをうんと買い込んで一年じゅうのピクルスを作るのである。

その家によって作り方は違うだろうが、私たちも、ピクルスとは市販されている甘酢っぱい小さいきゅうりと決めないで、家族の好みの味に作ってみるのもよいだろう。

作り方はきゅうり十本として、まずきゅうりは洗わずそのまま、まな板の上で塩をしてごりごり二、三本ずつすり合わせておく。それを深めの器に入れて押しをし、約一日(二〇時間から二四時間)おく。別ににんじん、玉ねぎは皮をむいて適当な大きさ(一口の大きさがよい)に切っておく。

酢カップ五、砂糖大サジ一〇(甘いのがいやなら少なめに)、塩少々。これを火にかけたあと、さます。

きゅうりの水けを切り、にんじん、玉ねぎ、それに赤とうがらし二、三本、月桂樹の葉二、三枚を入れ、さました甘酢を入れて、ふたものの中に一週間くらいおくと、おいしくなる。

店で売られているピクルスと違って、甘ったるくないし、玉ねぎやにんじんもあるから見た目にもきれいな、西洋おつけ物である。

ドイツやソ連では長さ二〇センチもあるきゅうりをつける。そして切らないままごろっとお皿にのせて出す。黒パンを食べながら、がりがりかじるのは、野趣があってよいものだった。

ソ連ではきゅうりのほかにわけぎやせり、その他色々な葉っぱ（はっか・バジリコの葉のようであった）がお皿に盛られてテーブルに出た。お料理の合い間にそれをばりばり食べる。グルジアに行ったときは、焼きたての丸いパンにバターをたっぷり塗って、三、四枚の葉をはさんで食べた。油っこい料理にきゅうりや葉っぱは、おつけ物を食べるときのように新鮮でおいしかった。日本のおつけ物はすばらしい野菜料理だと思う。その土地でとれるものを、実によく生かしている。

べったら、たくあん、奈良づけ、みそづけ、すぐきに、しばづけ、高菜づけ、父の郷里久留米の山塩づけもぴりっととうがらしがきいた、えもいえぬ味である。かぶ、きゅうり、なす、白菜と数えればきりのないおつけ物は、ピクルスより数倍すぐれた野菜のつけぶりである。

煮ものも、酢の物も、みそあえ、ごまあえ、しらあえ、すべて日本古来から伝わった野菜料理はすばらしい。

それなのにひとたび西洋料理となると、野菜の扱いはでたらめとなる。

私を一番不愉快にさせ、食べる意欲をなくさせるのがコンビネーションサラダである。

盛り合わせサラダというのを注文すると、まるで憲法か料理協会か知らないが、何かの規則で決めたごとく、包丁で切ったレタスとポテトサラダ、トマト、アスパラガス、きゅうり、またはうどんなどの薄切りがついたものが、深皿にのって出てくる。

深皿、それもガラス製または陶器の皿の中にある、いやに格好よく切られたレタスを、いったいどうして食べろというのか私は聞きたい。ナイフ、フォークを使えば、深皿なので皿にぶつかってよく切れない。一枚一枚はがせば、ドレッシングが飛び散って、うっかりすれば洋服にしみをつける結果となる。

だいたい、レタスを四つ切り、または八つ切りにすれば、ドレッシングは混ざらないから、あえて食べるとなると、味なしの菜っぱをバリバリ食べるよりほかはないのだ。レタスに包丁を入れれば味が落ちる、ということすら考えないのだ。レタスは手でちぎり、食べる直前にドレッシングをよく混ぜ合わせるのが、おいしいいただき方である。

肉食の多いヨーロッパの人々は、だいたい日に一度はレタスのサラダを食べる。

私は外国に行く前は、八つ切りや四つ切りのレタスばかりを食べさせられていたので、こんなまずいものはうさぎのえさにしたほうがいいと思っていた。

パリで下宿をしていたとき親切なマダムが、なんとかしてレタスを食べさせようと、ある日はレタスにチーズの角切りを入れ、あるときは小さく切って揚げたカリカリのクルトンを入れて作ってくれた。味のついたドレッシングとよく混ぜ合わされたレタスのおいしさを、私はパリで初めて知ったのだった。

同じレタスを、おいしく食べるのもまずく食べるのも、切り方一つ、混ぜ方一つだということを考えてほしい。

フランスでは食後のサラダは、レタス、チシャ、アンディーブのような菜っぱ類で、トマト、きゅうり、アスパラガスなどのサラダは、前菜として食べる。

アスパラガスは、日本はだいたいかんづめを食べるし、たまに売っているグリーンアスパラガスは、お総菜にするには、高すぎる。しかしフランスでは、春先から初夏にかけて、生のアスパラが一山いくらで売られていて、それはまるでうどんのように太いが、ゆでて薄皮をむいて、熱いうちにソースオランデーズ（オランダ風ソース）をかけたり、冷やしてドレッシングをかけ、食いしん坊のフランス人たちの食卓をにぎわす野菜となっている。

その味をなつかしむ人々は、冬になると、太い長ねぎをゆっくりゆでて冷やし、ドレッシングであえて、アスパラガスのかわりにする。

フレンチドレッシングというと、何かむずかしく考える方もあるようだが、サラダ油三に酢一、塩、こしょう、好みによってからしを入れるという、しごく簡単なものである。パリのレストランでは、テーブルに油、酢、塩、こしょうを置き、味をつけてないサラダを出して、お客の好みで各自に作らせる方式もある。

「サラダ・デ・フルュイ」というシャンソンがある。

僕のママのお料理　サラダ・デ・フルュイ　毎日さ
生まれてこの年まで　サラダで育った僕だよ
サラダ・デ・フルュイ　ジョリ　ジョリ　ジョリ
すてきな色　すてきな味
サラダ・デ・フルュイ　ジョリ　ジョリ　ジョリ
おまけに栄養満点　ラララララ――

芦野宏さんがよく歌っている軽快な歌である。サラダ・デ・フルュイ　ジョリ　ジョリとは、美しい美しいフルーツサラダという意味だ。

フルーツサラダはアメリカ人がよく食べる。日本でも若い女性は、フルーツサラダを好きなようだ。

じゃがいもやきゅうりなどの野菜にプラスして、りんご、バナナまたはみかんのかんづめなどをドレッシングかマヨネーズであえた料理である。

しかし暑い国で、大皿にパイナップル、パパイヤ、バナナ、マンゴーなどを一口の大きさに切って盛って出す。それがほんとうのサラダ・デ・フルュイではないかと思われる。

バンコックのレストランでは、きれいな女の人が目の前で皮をむき、食べやすいようにしてサービスしてくれた。

シャンソンといっても「サラダ・デ・フルュイ」の作者は、アンリ・サルバドールというマルティニック島出身の歌手である。

マルティニックでもきっと、カラフルな果物をお皿にいっぱい食べるのだろう。

フランスでは、自分で一度皿に取り分けたなら、残さず食べるのが礼儀とされている。盛り切りではなく、サービスの方法も大皿に盛った肉または野菜を、各自好きなだけ取り分ける。大食の人はたくさん、小食の人は食べられるだけの分量を取る。だから、皿に取ったものを残すと、給仕は、「お気に召しませんでしたか?」と心配そうに聞きにくる。

肉や魚を注文するときは、つけ合わせに野菜は何をつけるか、別に注文する。日本ではつけ合わせの野菜はレストラン側が勝手に決めて出すし、また頼むほうも野菜にまで注文はつけない。それならレストラン側がこの肉にはこの野菜、あの魚にはあの野菜とよく考えてくれているかというとそうでもない。

やはり、あいいものがあるのだ。

ステーキなら揚げじゃがいもか、いんげんのバターいため、ローストチキンならグリンピースか芽キャベツ、ハムステーキにはほうれんそう、魚にはゆでたじゃがいも、といったぐあいである。

「何を召しあがる？」と聞いて「何でも」とか「あなたと同じもの」などと答える人がいるけれど、食べるときはもう少し熱心になりたいものだ。

これが食べたいのだ、と望み、それをよりおいしく食べるために、取り合わせの野菜まで選ぶ人は食いしん坊である。食いしん坊はいやしいといわれたのは昔のこと。どうせ食べるならおいしいものを食べて暮らすほうが楽しいと考えるのが、現代的ではないだろうか。

オルドーブル　ピンからキリまで

正式の洋食に前菜はつきものである。

結婚のご披露宴によばれれば、必ずオルドーブルから始まり、スープ、魚、鳥、牛肉と進み、サラダ、デザートで終わる正式な食事が出る。

だから私たちはなんとなく、オルドーブルとはぜいたくなものと思いがちだし、また手をかけてきれいに作ったレストランの前菜を思い浮かべてしまう。

フランス人は食事に熱心な国民で、つぎの当たったズボン、袖のほつれたセーターを着ても、食費だけは倹約しない。そして一日に一回は、フルコースの食事をする。

まずオルドーブルから始まるのだが、オルドーブルといっても、実に簡単なものもある。トマトやきゅうりをフレンチドレッシングであえても、オルドーブルの一皿である。

フランスのサラダは、主にフレンチドレッシングであえるが、さいころ型に切ってゆでたじゃがいも、にんじん、さやいんげんやグリンピースはマヨネーズであえる。これも前菜の一つである。

ラディッシュ（小さい赤かぶ）は、私たちは盛り合わせサラダの上に一つのっている
ものとしてしかお目にかからないが、フランス人はお皿にごろごろ盛って食べる。その
食べ方が変わっていて、まず、ナイフの先に少量のバターを取り、赤かぶのまん中を切
って、スーッとナイフを引くと、赤かぶの上にバターがのっかる。そこに塩をふって食
べるのだ。

赤かぶとバター、そんな取り合わせがあるのかと驚いたが、ためしてみて、ちょっと
にがみのある赤かぶとちょっと甘いバターが、よく合うのに感心した。

〝サラダ・クルディテ（生野菜）〟というのを頼むと、せん切りのにんじんにピーマン、
薄切りのきゅうり、トマト、丸のままの赤かぶにセロリなどが皿にのって出てくる。そ
れを塩で食べるなり、ドレッシングをかけるなり、自由だ。健康にもまた美容にもよい、
すがすがしい一皿である。

〝ニース風サラダ〟は、ゆでたじゃがいもに、ゆでてほぐした鮭、アンチョビー、ピー
マン、トマト、ゆで卵にオリーブの実がはいっている。それ一皿で昼食がわりにもなる
オルドーブルである。

ハム、ソーセージ、サラミなどの薄切りだって、オルドーブルだ。野鳥やうさぎのき
もをつぶして作った自家製のパテも、フランス人の好物である。

ちょっとしたものをまず食べて、より食欲をそそるのが、オルドーブルの使命で、ブドウ酒飲みのフランス人には、なくてはならぬ一皿である。

日本料理のつき出しも、オルドーブルといえよう。料亭では、お箸をつけるのがもったいないような、きれいなつき出しが出る。お皿もよく吟味され、盛りつけも美術的だ。味だってもちろんよい。しかしお酒のさかな的で、ほんの少量である。

高価なものをほんの少し出すところに価値がある、というのは料亭なればこそで、家庭の前菜とは違う。主食として何を出すか、それに合わせて、肉なら野菜を使ったオルドーブル、魚ならきもや卵といったふうに、栄養のバランスを考えて、安あがりなオルドーブルを作る。

フランスのオルドーブルに、アルティショーという野菜がある。これはアメリカでもアーティチョークと称して食べている。ぎざぎざのさぼてんのような形をしていて、ゆっくりゆで上げたのを冷やしてドレッシングをつけて食べる。

ゴロッとお皿の上に一個のってきたときは、いったいどうして食べるものかとためらったが、ぎざぎざの葉を一枚ずつはがしドレッシングにつけて、根のところを歯でしごくようにして食べるのだった。根もとには肉がたっぷりついていて、これをフォン・ド・アーティショーと呼び、そこだけを薄切りにしたサラダもあった。

レストランへ行くと、私はよくエスキャルゴ（かたつむり）やグルヌイユ（蛙）を食べた。

かたつむりと聞くと角を出したでんでんむしむしが出るのかと、身振いする方もあるようだが、ぶどうの葉を食べさせて育てたお腹をきれいにさせたかたつむりを、ゆでて洗ってにんにく入りのバターをのせて焼く、実においしい前菜である。

オーブンで焼きたての殻は熱いから、つまむ器具がある。左手に持ってそれで押えて、右手の小さいフォークで取り出し、フーフー吹きながら食べる。ばい貝をこってりと味つけしたようなものだ。

蛙もぴょんぴょん飛んでいる姿など思い起こさせない姿で出てくる。にんにくをきかせ、パン粉をつけてきつね色にバターいためしてある。ふぐの骨つきから揚げを食べたことがあるが、蛙の味とよく似ていた。鳥よりももっと繊細なデリケートな味なのである。

レストランのオルドーブルで最高とされているものは、〝フォワ・グラ〟と〝キャビア〟であろう。フォワ・グラは極上のパテだが、日本人はあまりきも類は好きでないから、たいしてありがたがらない。

キャビアは日本の宴会にも出てくるが、蝶ざめの卵で、上等のものは透き通ったチャコールグレーで、粒はぬれて光っている。薄切りのトーストにレモンをしぼったキャビアをのせて食べたなら、そのすばらしさは人を陶然とさせる。

鮭の卵イクラは日本人の好物だが、おかしいことにソ連では、私たちがキャビアと呼んでいるものをイクラといい、赤い鮭の卵をキャビアと称する。

キャビアの一等ぜいたくな食べ方は、薄いクレープにたっぷりとのせ、その上に生クリームをかけ、くるくると指で巻いて食べる食べ方であろう。レストランで一皿五千円とか六千円とかで、氷の上に宝物のようにのせられてくる分量のキャビアを、一つのクレープに巻き込んでぱくぱく食べるのだから、豪勢である。

そんな食べ方は、日本でもヨーロッパでもとてもかなえられないが、モスクワを訪れたとき、日本大使館で初めてごちそうになり、ぼう然とするほどの感激を味わった。

ソ連へ行ったときは、キャビアを充分食べられるのがしあわせであったが、せっかくのキャビアなのに、注文するとどかっとキャビアだけを出す。日本では分量を多く見せるために、きざんだ玉ねぎやゆで卵、ケッパース（香味野菜の一種）などを添えるが、そんなものはなくとも、レモンだけはほしかった。

キャビアはちょっとにおいがあるので、レモンをしぼらず、冷やしてもいないキャビアを黒パンにのせて食べると、せっかくの味が充分に満喫できないのだ。だからソ連を旅行したとき、私はいつもレモンを持ち歩いた。

おいしいものをよりいっそうおいしく食べる努力をおしまない。だからやせられないつらいことである。

パーティー　ア・ラ・ヨシコ

　アメリカやフランスには、「ごいっしょにアペリティフでもいかがですか」という誘い方がある。夕食の前に一杯飲みながらお話をいたしましょう、というわけだ。夕食の時間は日本と違って遅いので、仕事の終わったあとの六時ごろから八時ごろがその時間に当たる。

　アメリカで招かれたときは、ほんとうに飲みながら話をするだけの集まりで、おつまみはポテトチップスやピーナッツなどで、手のかかったものは出なかった。一度、ポテトチップスとクリーム状のものが出されて、チップスの上にちょっとそれをのせて食べたら、何ともいえぬよい味だった。何だろう、ちょっとねぎの味もするし、どろどろしたものはピーナッツバターを練ったようでもあるし……、いくら考えても正体がわからないのできいてみたら、「オニオンスープのもと（粉末）にマヨネーズを入れてかき回すだけよ」と至極あっさり答えられて驚いた。

マヨネーズではなくサワークリームであえるともっとおいしくなることを、あとで知ったが、簡単にできて、不思議とおいしい。日本人向きの味なのだろう、ひどく好評である。

フランスでは、カナッペや暖かいものを作り、手をかけたもてなしをする。

スペインに行ってうれしかったのは、居酒屋とでもいうような小さな一杯飲み屋で、いろいろ変わったおつまみを用意していたことだ。貝入りのピラフが小さい型に抜かれていたり、いかのてんぷらや小さいいいそがにの丸揚げが出たりした。しかし、何よりもおいしかったのは、ガンバブランチアと称する車えびの炭焼きであった。塩をして焼いただけだからあっさりとしていていくらでも食べられる。カウンターの下には、むいては食べ、むいては食べして捨てた殻が、うずたかく積もっていた。日本ではヘレス（シェリー酒）と車えびといえば、ひどくぜいたくに聞こえるが、スペインでは非常に安い庶民の食べ物であった。

このごろは日本でも、カクテルパーティーが多くなった。一流のホテルの宴会場で行なわれるカクテルパーティーにはあらゆる工夫がこらされていて、非常にぜいたくである。

目にもあざやかなとりどりのオルドーブルのほかに、ローストラム、ローストビーフ、ローストハムなどはコックさんがつきっきりで食べやすく切って渡してくれるという、ゆき届いたサービスぶりである。小さいサンドイッチ、カナッペ、果物やデザートも並び、壁ぎわにはおすし、焼き鳥、そば、おでん、天ぷらと屋台が出ている。

日本のこのようなパーティーは、ちょっと外国では見られないのではないだろうか。カクテルパーティーというより、日本調もとり入れた盛大なバイキング大会の観がある。しかし、パーティーに現われる人の九割が男性だから、ご夫人たちの中にはそのような場へは行ったことはないという方が多いだろう。そんなパーティーを一度見ておくと、家庭での参考にもなるのに、惜しいことだと思う。

もちろん家庭で行なうパーティーとは違うが、ちょっとまねできるものもある。

私は料理が好きだし、外でお客をしたら不経済なので、お客さまはたいてい家へよぶ。

「そりゃきれいなおうちがあったらね。私だってお招きしますわ」などといわないでほしい。私の家はたいした家でもないし、またどんな家でも、パーティーをしようと思えばできるのだ。

アメリカへ留学していたころ、学校の友だちがディナーパーティーをすると誘ってくれた。

少し遅れて行ったら、たった一間の彼女のアパートは満員で、腰かける椅子もない。簡素な勉強机に紙のテーブルクロスをかけ、サンドイッチ、ホットドッグ、ハンバーガーにお菓子が、雑然と置いてあり、飲み物はコカコーラとかんビール、安物のカリフォルニア・シェリーであった。

レコードをかけて、皆きゃっきゃっと楽しくさわいでいた。疲れた人は床に座っていたし、窓ぎわに立ったまま話し込んでいる人もいた。「なんてすてきなお宅でしょう」「まあすばらしいごちそう」とほめたい条件は、何もなかった。それなのに、皆満足して帰った。

若い人たちの集まりだったから、といえばもちろんそうである。しかしそれと同じような気持ちで、おとなもパーティーを開いて悪いわけはない。パーティーを開かぬまでも、友人夫妻を食事に招くことはできる。

「よいところを見せたい」という気持ちよりも、「楽しい一夜を過ごそう」と考えて素直になるほうが、人生は楽しいと思う。

「よくも狭くるしい家に呼んだものだ」

「お料理も下手だったわね」という人がいたら、そういう人のほうが不幸なのである。

家を買う、建てるということはたいへんだが、おいしい料理を作るのは、けっしてむずかしいことではない。口を楽しませ愉快なふんい気を作れば、それでパーティーも夕食会も満足といえるだろう。

私は昼仕事をしているので、人を招くときもたいした時間は費やせない。だから出すレパートリーもだいたい決まってしまう。

用意は前の晩から始めるが、まず、コップ、お皿をそろえておき、料理の材料も前日買って、下ごしらえできるものは前夜すませておく。飲み物のためには冷蔵庫の氷だけでは足りないから、ダイヤアイスを買って、ジャーに入れておく。コップ、氷、飲み物は居間の一隅に並べておき、どうぞご自由に召しあがれというスタイルである。

食前酒のお相手に作るおつまみも、たいてい決まっている。

赤キャベツまたは夏みかんの底を平らに切る。一口切りにしたチーズ、サラミ、ピクルス、オリーブをつまようじに刺し、それを彩りよくキャベツか夏みかんに刺すと、とてもかわいらしいおつまみができる。

チーズトーストもよく作る。

チーズは約半センチ幅に切り、それを縦にもう一度切って、細長い形にしておく。食パンは天火で片面を焼き、焼いてないほうにバターを塗り、細長いチーズを並べてからまた天火で焼く。チーズがちょっと焦げたところでとり出し、細長い形にそって切る。一枚のパンで八個できる。

熱いうちに供するが、チーズの中がとろっととけて味をます、おいしいおいしいおつまみである。

もう一つ、ちょっと変わったおつまみがある。うずらの〝フライドエッグ・オン・トースト〟で、これはベルギー人の家で初めて味わい、そのアイディアにびっくりして、さっそくまねをしはじめ、今ではたくさんの友人が私のまねをしている。

うずらの卵は中の薄皮がかたいので、前もって十個くらい割っておき、油を引いたフライパンにざっとあけてフライドエッグを作る。一枚のトーストにうずらのフライドエッグ十個をのせ、先のとがった包丁で十個の四角に切り分けてカナッペを作る。ちょっとケチャップをのせた〝フライドエッグ・オン・トースト〟はとても可愛らしい姿だ。

ベビーウィンナーもよく出す。これはいためれば油こくなるし、焼けばかたくなるから、ゆでて熱いところをからしを添えて出す。一皿に盛るとき私は、おちょこにからしを入れて皿の上にのせて、いっしょに出すことにしている。

たまには小さいおにぎりを作ることもある。しその葉を細く切ってご飯と混ぜたもの、たらこを焼いてほぐしたのとゆで卵の黄身を裏ごしにしたのをおにぎりの上からまぶすのと、三色のかわいらしいおにぎりを作る。

小さく握るのはめんどうなうえ、力がはいって握りすぎるから、茶巾しぼりのようにしめらしたふきんの上にご飯をのせ、きゅっとしぼるとうまくできる。

〝若狭の小鯛笹漬け〟という小さい樽が売られているが、これはとても便利だ。小さい樽には小鯛のそぎ身が皮つきで三十枚くらいぎっしりつまっている。一枚一枚はがすようにして取り出し、さっと酢で洗ってから、酢飯で握る。鯛の一口ずしで、大皿へ盛り合わせたのを見たら何千円もするお皿かと誰もが目を見はるが、原価六百円である。

私は、このようなものを、お客さまが全員集まるまでのつなぎに出すことにしている。

以上はお客さま用で、夫の食前に出すおつまみとは違う。こちらは、そら豆や枝豆のゆでたのとか、うるめ、ししゃもの焼いたもの、かまぼこ、うに、それにいいだこの煮つけなどである。

私の父にしても弟にしても夫にしても、どういうわけか男性はお総菜がお好きなようだ。外でしゃれたものを食べる機会が多いせいなのか、家でしか食べられないものを望む。ひじきと油揚げ、大根とあさり、大豆とこんにゃくとにんじんなどのたき合わせのようなものが好きだ。北九州でとれるあごという小さい飛び魚の干物は、私はちっともおいしいと思わないが、夫は毎晩でも食べたいようだ。

このごろはめったに外でお酒を飲むこともないが、地方に住む友人が珍しく上京したので、三軒ほどバーを飲み歩いた。そして一番驚いたのは、バーのおつまみが変わったことであった。

数年前までは私も人に誘われて、バーなどよく行ったものだが、そのころは決まったように、チーズ、サラミ、アスパラガスのような洋風オルドーブルが出てきたものである。それにプラス、市販の磯巻きや柿の種、くん製のいかとか干した小えびなどであった。

ところがこのごろは違うのだ。

いり鳥と野菜の煮つけ、しめさば、焼きぎんなん、焼き蛤、自家製のにんじん、小玉ねぎ、きゅうりのピクルス、はてはぬかみそづけやべったらが出されるのだ。

子どものある家では、どうしても子ども本位の食べ物を作る。チキンライスにスパゲティー、インスタントのカレーライスにハンバーガーではお勤め帰りの夫をげっそりさせてしまう。

そのところをバーのマダムはとらえて、母の味、ふるさとの味を提供するのである。バーに行って、日ごろ食べたいなと思っていたものが食べられたら、男性はまたそこへ通いたくなるに違いない。世の奥さま方よ、ご注意あそばせ、といいたい。

それはさておき、パーティーの話を続けることにしよう。

アペリティフが終わったら、今度は食事である。

食堂のテーブルの上にはお皿を積み上げ、紙ナプキン、フォーク、ナイフ、スプーン、それにお箸を置き、どうぞよろしいように召しあがれというわけである。

洋風に、冷たいお魚とタルタルソース、サワークラウト（酢っぱいキャベツ煮）とフランクフルトソーセージ、ビーフシチューにピラフ、サラダ、チーズなどの場合もあるし、おまけとして横のほうにお赤飯やおにぎりにお煮しめと卵焼き、かまぼこにわさびづけ、おつけ物などを置くこともある。シチューのかわりに大なべいっぱいの豚汁を作ることもあるし、中華風に春さめを入れたサラダや、もち米で作った肉ちまきのこともある。

どんなごちそうが出るのかと楽しみに来た人は、「ナーンだ」と思うくらいのごちそうしか出ない。しかし「また呼んでね」とたいていいってくれるところをみると、結果的には、気楽で楽しかったからだと思う。

こちらが緊張して正式なサービスをすれば（まあできそうもないけれど）、相手もきどらざるをえない。私はきどっているのは疲れてきらいだから、いつもと変わらない気持ちでサービスするし、もてなしに無理はしない。

だからこりることもなくまたパーティーを開く。「たいへんですね」といってくれる人も多いが、料理屋で食べる十分の一しかお金は使っていないし、身を粉にしてサービスをするわけではないから、たいへんなことではない。

レストランに招かれるより家に招くほうが、心が通い合うものである。家におよびしたら失礼だ、という考えはもう古くなっていると思う。

お客さまをすれば疲れることは確かだが、楽しい疲れだから、それはしあわせな疲れといえるのではないだろうか。

二日酔いの鯛

鯛はお魚の王さまである。おめでたい席になくてはならぬ魚だ。おさしみに、塩焼きに、かぶと蒸しに、あらだきに潮汁に、と料理の数も多い。

それなのにパリではいわしより安い扱いをされていた。鯛の食べ方を知らないのである。

南仏の海岸のレストランでは、お腹に詰めものをして丸焼きにしていたが、パリではレストランのメニューにものっていなかった。

パリに住んでいたころ、日本のお客さまが来ると、私は安い鯛を買いに行った。うろこをおろさねばならぬのが一仕事だったし、また鯛の料理をしたあとは、いくら洗っても翌日まで手がなまぐさいのには困った。使ったお皿さえ、よく洗ったあとともにおいが残った。鯛が新鮮でなかったからなのだ。魚屋に並んでいる鯛は二日酔いのごとく目が赤くて、でれっとしてしまりのない姿であった。

フランス人はおさしみを食べないから、少しくらい鮮度が落ちた魚も平気で買う。魚はくさいものと思い込んでいるむきもある。「お魚はきらい。くさいから」などといっている。

そのくさみをとるために、ソース術が発達したのだから、パリが海から遠く新鮮な魚が手にはいらなかったことは、かえってフランス料理に貢献したことになるだろう。

アイオリというソースは、マヨネーズににんにくをすり込んだもので、ゆでた魚につけて食べるが、それを食べた人のそばへは近よれない、強力ににんにくのきいたソースである。くさい魚をもっとくさいソースであえる。毒をもって毒を制す、というわけである。

しかし貝類は、新鮮なところを、殻のむきたてを味わう。

秋になると、食いしん坊のフランス人は、もみ手をしながら、「おいしい貝の季節になりましたな」と目を細める。

有名なプルニエのほかにも、魚料理だけを食べさせる店は何軒もある。

秋から春にかけて店の戸口の横では、前だれ姿のおじさんかおばさんが、生がき、蛤、ムール（からす貝のような外側の黒い貝）の殻をむいている。レストランでむきたてを食べさせるのだが、お皿を持って買いに行く人もいた。

うにもイガイガの殻つきで出てくる。上側を切りとってあるので、レモン汁をふりかけスプーンですくって食べる。

高級な魚とされているのは、パリでは鮭である。丸々一匹をゆでて冷やした一皿は、最高の宴会料理に出される。おかず屋さんでも、切り身にマヨネーズを添えて売っているが、とても高かった。

鮭といえば、日本ではお総菜なのに、フランスでは、キングサーモン（鮭の王さま）とたたえられている。

私はお魚が大好きだ。

子どものころ、一匹づけの煮魚のお腹のところをせせって食べていたのを見た父は、「子どものくせにおいしいところを知っている」と驚いたそうだが、あら煮にしても、ちゃんとした身のところより、頭やお腹が好きだ。ひらめのえん側をごぼうとたいたのなど、考えただけで唾がわく。寒ぶりのあぶらがのった腹側の一切れなど、私にとっては高いステーキより貴重な食べ物である。

おさしみも好物だ。

口の中いっぱいにおいしさの広がるまぐろの中とろ。しょうがじょうゆで食べるかつおのたたきは、初夏の味。シコシコした歯ざわりのすずきは、夏の味だろうか。透き通った白身のひらめもすてきだ。

鯛といかは、薄く切るより糸づくりがおいしい。函館では〝海のそうめん〟または

〝いか丼〟と称して、薄く細く切ったいかを、丼にいっぱい盛って、すりしょうがをのせ、おしょうゆをぶっかけて食べる漁師たちの豪快な食べ方を、皆がしている。その分量にまずびっくりするが、とりたてのいかは歯ざわりも新鮮で固く、つるつるとのどを通ってしまう。

私はつるつると食べるものも好きで、おそばなどは、そば食いでないせいかいかにもおそばらしい、色の濃いもこもこしたのより、そば色もしていない、腰の強いつるつるが好きである。

京都へ行くと、「変なものがお好きどすな」といわれながらも、〝魚そうめん〟を食べたがる。かまぼこで作ったそうめんといえばよいだろうか。白とグリーンのチリチリした魚そうめんを、冷たいつけ汁で食べると、胃がすっきりとさわやかになる。

お魚だけでなく、その子も、また海藻も、日本ならではの味である。むつの子の煮つけ、ふぐの白子、たらの子、かずの子、なんとすばらしいものがたくさんあるのだろう。

このごろは、子持ちこんぶというのも売り出されている。これはこんぶの上にかずの子が一面に産みつけられている変わったものだ。

アラスカでとれ、エスキモーの食料にされていると聞いたが、北海道で子持ちこんぶのおすしを食べたとき、北海道でも少しはとれると知った。柔らかいこんぶにプチプチしたかずの子がついているのを、よく塩水で洗って、二杯酢か三杯酢で食べる。プチッとかむと、磯の香りがプーンと伝わってくる。しかしこれはたくさんとれないので、どこにでもある品ではない。

北海道で食べた海藻料理は忘れられない。グリーンやサンゴ色の海藻にわかめ、もずくなどをあしらい、酢みそをつけて食べる。オゾンの伝わってくるようなこの海藻料理を欧米の食通に見せたら、その美しい色合いと味に、舌を巻いて感嘆することだろう。

しかし北海道で、というよりこの世で私が一番おいしいと思い、あこがれ続けているのは、鮭の生の卵である。これはイクラとして売られ、日本的にはすじ子のかすづけとなる。北海道で鮭のとれるころうまくゆくと、卵のほぐしたのを生で食べられる。ユズじょうゆにつけて食べるそのおいしさ、暖かいご飯にかけたら、涙が出るほどのすばらしさである。

この生の子を、天つゆくらいの汁味でちょっと煮る。表面がうっすら白っぽくなったところを、すばやくすくい出す。外側が煮えてちょっとねっとりして、中は生で汁けが残っている。それをご飯にかけたら、またまた感激である。

毛がにもおいしい。しかしかには北陸が一番、と書けば、また有明海のかにの味も思い出されてくる。

金沢の〝ごり〟、グロテスクな姿ではひけをとらぬ久留米の〝むつごろう〟。お魚のことを書いていると、きりがない。

高級な魚ではなくとも、いわし、さんま、さばも、味のこいおいしい魚だ。

パリに住んでいたころ、魚屋に立ちよって、さばのよいのがあると、自分でしめさばを作った。

薄皮をむき、中骨を取るときどうしても手を使う。さばのにおいも一日は消えず、フランスの男性は手の甲にキッスをする習慣があるので、気になったものである。

フランス語ではさばのことを〝マクロー〟という。マクローという言葉は、女にたかって生きている男、女を食いものにしているよた者のことである。

「私はマクローが好き」といったら、フランス人は大笑いすることだろう。

おすもうさんは料理が上手

秋風が立ちはじめると、わが家の料理番をつとめる私はほっと一息つく。夏以来、ともすればマンネリにおちいっていた献立に、なべ料理を加えることができるからである。なべ料理のきらいな男性は、めったにないようだ。むしろ私たち女性より男性のほうが、なべ料理を好むのではないかと思う。なぜなら、なべ料理の煮える間の一杯、という楽しみもあるからだ。

夜遅くまで仕事をしていたテレビ局の男性が、「やれやれ、やっと帰れる。わが家に帰って、なべ料理だ」といった。

「湯豆腐で一杯か。僕も早く帰ろう」と、もうひとりが立ち上がった。

そのとき私は、外で働く男性たちの喜びは、家に帰り湯気の立つ料理の前にすわって、一杯飲むときにあるのだな、としみじみ思った。

なべ料理と一口にいっても、種類が多いし、家庭によって家族の嗜好があるから、材料もそれぞれ違うと思うが、家ではよく、かきの土手なべを作る。

おなべの縁に赤白のみそを分厚く塗っておいて、それを少しずつ落として好みの味にかげんしながら食べるかきなべは、冬のごちそうだ。中に入れるかきやお豆腐は、煮えたとたんのふっくらと柔らかいところを食べてこそおいしいのだから、目の前で煮ながら食べてこそなべ料理である。

あんこうなべも好物の一つだ。

きものおいしさは格別だし、皮も腸もぷりぷりしてすてきな味だ。

あんこうなべは、ちりなべ風にするより、おだしをひき、お酒をたっぷり入れたおしょうゆ味で煮たほうがおいしいと思う。

うどんすきも、煮ながら食べるおいしいなべ料理といえるだろう。

少し濃いめのおすましを作っておき、お皿にかまぼこ、厚あげ、鳥肉、貝、えび、しいたけ、ねぎ、白菜、あれば湯葉やぎんなん、おもちなども盛っておき、別皿にうどん玉を用意しておく。まず煮えた具にすだちをちょっと絞って食べる。最後にうどんを入れる。

関西から始まった料理らしいが、このごろは東京にも「美々卯」「美々久」が店を出している。家庭でも簡単にまねのできる夜食むきのなべ料理だ。

私は土なべは冬だけでなく、いつも台所に出してある。湯どうふ、土手なべ、うどんすき、水たきなど、日本料理に使ったり、ほかにも使いみちがあるからだ。私は土なべの外見も好きだし、熱がなかなかさめないありがたさを利用して、ポタージュやシチューも土なべで出すし、野菜の煮込みやピラフなども、土なべのまま食卓のまん中にどんと置くと、食卓がにぎやかになる。

土なべはこわれものだし、洗うのにも手間はかかるが、おかゆ一つ作るにも、土なべを使ってぐつぐつと煮立っているのを食卓に出せば、冬の寒さも忘れて、ほのぼのと楽しい気分になれるものだ。

ヨーロッパには、一つのなべから互いに取りわけて食べる料理といえば、スイスのフォンデュくらいのものだろうか。フォンデュは、チーズ・フォンデュと、肉を揚げるブルギニヨンと二種類ある。チーズ・フォンデュは、チーズを白ブドウ酒でとかしてどろどろにし、とろ火で煮立てながらパンの小片につけて食べる。肉のほうは、煮立った油の中に肉の小片をつけて、揚げながら食べる。スイスの山小屋料理ともいわれるが、雪の中で冷えきったからだが、ぽっと暖まるうれしい料理である。その場合使うなべは、形のよいあかなべで、アルコールランプの火で煮ながら食べ、フォークも油がとばぬように、普通よりも長いフォンデュ用フォークを使っている。

南仏の海岸で食べるブイヤベーズ（魚料理）など、昔は漁師たちが大きななべを囲んで食べたものではないかと思われる。パリの一流レストランで出てくるのとは違って、マルセイユの港町に並んでいる庶民的な店のブイヤベーズは、雑魚がごろごろはいっていて、またその中に大きなパンが浮いている、いかにも海のにおいがする魚なべである。ブイヤベーズというと、私はアラのちゃんこなべを思い出す。アラとは、北九州でとれる魚で、大きいのになると、目の下一メートル半もある。白身だがあぶらがのっていて、煮つけなどにすると、まるで豚の柔らかい肉でも食べているようだ。これをちゃんこなべにすると、さっぱりとしたなかにあぶらっけがあり、魚のちゃんことは思えない。

おすもうさんの食べるちゃんこなべ。これは味つきスープの中で、鳥や野菜を煮るのと、お湯で煮てポン酢で食べるのと二種類ある。

ちゃんこなべの店では、中身を食べてしまったあと、そのスープでおじやを作ったり、またそのおじやの上におもちを入れたりする。「おすもうさんはおじやを食べるから太るのですってね」と聞いたら、「残りの汁を飯にかけて食べるんですよ。おじやを食べながらすもうはとれないからね」といわれた。

父が元横綱柏戸関の後援会長をしていたので、相撲部屋にはときどき行くチャンスがあった。

「飯食べて行きなさいよ」といわれて座敷へ行くと、まず初めに食べるのは、横綱と幕内にはいった藤の川関のふたりだけ。新入りが料理をし、ふんどし姿のまま給仕をした。

魚のお煮つけなど、甘辛くこってりとよく煮てある。ちょっとしゃれてハムサラダなども出てくる。しかし主食はちゃんこなべで、七輪の上に大きな土なべがかけられ、鳥か魚をたくさんの野菜といっしょにぐつぐつ煮て食べる。

アラのちゃんこもおいしかったが、鳥の皮と野菜のちゃんこを出されたときは感心した。鳥の皮にはあぶらがある。それと白菜を煮ると白菜の味がこってりとおいしくなるのだ。おかか、ねぎ入りのおしょうゆで食べさせたが、ちょっとした主婦より彼らのほうが料理の腕は上である。

なにしろおすもうさんは、朝食は抜きで朝げいこをして、そのあとでちゃんこなべを囲むのだから、まずいちゃんこなど出そうものなら、空きっ腹の兄弟子からゲンコツがとんでくるので、一生懸命作るからかもしれない。

なべ料理もちゃんこなべのようにいろいろ工夫して、わが家の味を作りたいものだ。主婦にとっても材料の下ごしらえさえしておけば、安心して食卓に着ける、ありがたい料理である。日本料理の代表的なものといえば天ぷら、すき焼き、さしみなどを普通あげるが、最も日本的な家庭料理はなべ料理ではないかと思う。

便利な台所用具

フランス料理と中華料理はすぐれた料理として世界に有名だが、それは味を主体にしたもので、盛りつけの美しさは、なんといっても日本料理である。

だから日本料理の板前さんは、包丁さばきがうまくなくては一人前にはなれない。おさしみはもちろん、おさしみのつまに切られた大根など、どうしたらこんなに切れるのかしら、と目を見はる。

フランス料理にはさしみのつまはないが、それに似たものに、にんじんの細切りサラダがある。にんじんを大根のつまのように細く切り、フレンチドレッシングであえる前菜だが、これは包丁では切らない。野菜を切る道具があって、皮をむき適当な大きさに切ったにんじんを中に入れて、ぐるぐるっと柄を回すと、下からおもしろいようにそろって切れた、細切りのにんじんが出てくる。

この便利な器具は、にんじんだけでなくきゅうり、大根にもあてはまる。最近日本でもカッターとかベンリーとかいうのが売り出されていて、野菜のせん切りなど、包丁を使うよりずっと早く切れる。このような器具は便利だが、ていねいに包丁で切ったものと比べたら、でき上がりは月とすっぽんの違いである。

器用な日本人といっても、包丁さばきだって練習しなくてはうまく使えないのだから、このごろの若い人たちはフランス人並みになっている。

フランス人は手先が器用でないから、すぐ台所器具を使うが、日本もだんだんそうなってゆくようだ。フレンチ・フライドポテトはフランス人の大好きな揚げじゃがいもだが、これを同じ太さに切るにも道具を使っている。皮をむいたじゃがいもの上からぎゅっと押すと、一センチ角の拍子木型に切れたのが出てくる。

よくそろった細めのじゃがいもを二度揚げにすると、かりかりしておいしい。塩をふってフォークなど使わず指でつまんで食べ出したら、きりがない。

料理の形を尊ぶ日本人なのに、こと西洋料理となるとたんにそんなことは忘れてしまって、フライドポテトといえばいやに太くて短かい、チャーミングな姿とほど遠いのが出てくる。適当な長さ、太さが味覚に影響することは、日本料理でよくわかっているはずなのに、おかしなことである。

じゃがいもは面とりさえすれば、好きな大きさに形づくることができる。しかしそれはけっこうめんどうくさい仕事なので、皮をむいたじゃがいもに鋭利なスプーンを差し込んでぐるっと回すと、小さい丸い形がとれる器具もある。

これはじゃがいもだけでなく、バターを丸く抜くこともできるし、メロンなども小さく丸くえぐってフルーツポンチに入れると、可愛らしい。

魚料理にレモンを絞る。手をよごさないための、皿にのせる小さいレモン絞りもある。

また、にんにくを切ると手が臭くなるから、にんにくをつぶして押し出す器具もある。

トマトのサラダも、同じ幅に切るものがある。日本でも売り出されているゆで卵切りを少し太めにしたもので、トマトの上からちょっと力を入れて前後にこすると、同じ厚さに切れてくる。こんなつまらない器具も、フランス人の家庭には必ずある。

半熟卵を食べるとき、こんこんとスプーンの裏側でたたいて割るのがめんどうな人のために、丸い穴のあいた卵切りで、上三分の一を切りとるものもある。

ブドウ酒の栓を抜くのはなかなかむずかしいが、さすが子どものころからブドウ酒を飲み、家庭でも一日に最低一本はあけるお国柄のフランスでは、栓をぐるぐる回すと自然に栓が抜けてきたり、プスッと針を差したとたんに抜けたりといった、子どもや老人でもたやすくあけられる栓抜きが売られている。

トースト・サンドイッチの好きな私にとって、最近手に入れたホッターは、便利な台所器具である。

柄の先に食パン型のものがついていて、ふたをあけて両面にバターを塗り、パンをぴっちりと置く。サンドイッチの中身は好みにまかせるが、トマト、チーズ、ハムなどを入れてきっちりふたをし、ガスの上で両面をひっくり返しながら、パンがきつね色に焦げるまで焼く。

熱が中まで通るから、チーズはとろりととろけるし、とてもおいしいホットサンドイッチができる。

あるテレビの料理番組で、アメリカ婦人が家庭料理を作ったが、すべてがオートマティックで、冷たいスープ、ヴィシスワーズもじゃがいもをミキサーでしゃっとひいて、生クリームを入れてでき上がり。ポタージュも同じく、チョコレート・ドリンクもしゃっしゃっと機械作りで、見ていて味けなく、なんだか憮然とした気持ちにさせられたことがあった。むしろ、市販のマヨネーズには目もくれず、古い型のかくはん器でせっせと自家製マヨネーズを作るフランス人を尊しと感じたものである。

コーヒーもこのごろはインスタントのものか、ひいた粉が使われるが、ヨーロッパの家庭ではいまだに毎日豆からひいている人がいる。小さい箱の中に豆を入れ、取っ手をガラガラ回すと、回すたびにコーヒーの香りがただよう。まさに朝の香りで、それは家庭の香り、幼いころの郷愁にもつながるのである。この手回しのコーヒーひきも少しずつ姿を消し、最近は電気で一秒でひけるようなものができた。「じゃっ！」それで終わりである。

お料理というものは、手をかけてゆっくり煮たり、汁をかけながらていねいにこんがり焼き上げる……それが楽しみなのだ、しゃっとできるなんていうのは邪道だと、大いに抵抗を感じていた。

ところが、母がいつのまにか電子レンジを買っていた。まあまあためしに、と使ってみて、残念ながらかぶとを脱いだ。

何もかも電子レンジで作ろうとは今でも思わない。しかし私のように、外で働き、調理に時間をかけられぬ身にとっては、一時間焼くところが五分ですむなら、今までできなかった料理も食卓に出せるわけである。

夜遅く帰って来た夫が「お茶づけ」といっても、冷や飯が一分で暖まり、湯のみ茶わんの水が一分で熱湯になれば、さっと出せる。いため物、蒸し物、グラタンを二度暖めるとダメにしてしまうが、電子レンジならうまく再生できる。

味けないなどといってはいられぬほど、便利なのであった。

有名な、かつては政治犯の牢獄でもあったというスイス、レマン湖に浮かぶシオン城を訪れたことがある。

山にかこまれ、青い湖には白鳥の浮かぶ美しいお城の中にはいって、一番私の興味を引いたのは、中世紀の台所であった。薪をくべてたく大きな洋風のかまどの、古典的な美しさに息をのんだのだった。

日本の古いわらぶき屋根の家に、どっかと置かれたかまどと同じふんい気の、落ち着いた美しさであった。

どっしりとした古い台所道具の美しさはもう古美術的存在になってしまった。便利なもの、使いやすいものを求めて、これからも台所の様子はどんどん変わってゆくのだろう。

お菓子の好きなパリ娘

デザートとはいうまでもなく、食後にいただくお菓子のことである。お菓子といっても食事の直後だから、お三時にいただくボリュームのあるものとは違い、ケーキにしても小型のもの、お腹にこたえないアイスクリーム、シャーベットのようなもの、ゼリー、プディング、ババロアのように柔らかいもの、果物の甘く煮たものなどである。

セーヌの河岸に、「ラペルーズ」という古い有名なレストランがあるが、そこの最も得意のデザートは、梨のコンポートであった。

梨の皮をむき中の芯をえぐり出して、形をくずさず丸ごと柔らかく煮てある。それにくだいたアーモンドをキャラメルで煮たソースがかかっていて、軽く、おいしく、食後にはうってつけのデザートであった。

果物は生で食べるほうがビタミンは豊富だといえるが、ちょっと手を加えると、しゃれたデザートができるものである。

〝アナナ・オ・キルシュ〟はかんづめのパイナップル二枚にキルシュ（さくらんぼで作った強い酒）をかけただけなのに、レストランのメニューには必ずのっていた。

フランスのお菓子屋をのぞくと、季節季節に応じたタルトが、必ず店頭を飾っている。日本の四国にも〝タルト〟というお菓子があるが、それはカステラのロール巻きである。フランスのタルトはパイで、その上にカスタードクリームを敷き、上に甘く煮た果物がのっている。赤いのはいちごやさくらんぼ、黄色いのはりんごやバナナ、オレンジ色のは桃にあんず。ショーケースに並んでいるのを見ると、あまりにも魅惑的なので、お腹がすいていなくても、思わず買ってしまった。

このタルトも、デザートとして出すときは、小型に一口で食べられるように作る。このごろプティフールとして洋菓子店で売り出されている小型の洋菓子は、お茶のときにもよいが、むしろデザート向きである。

パリに住んでいたころ、ある夜私はフランス人の友人たちを食事に招いた。前菜にはマッシュルームのクリーム煮を作り、子牛のソテーにスパゲティー、サラダ、チーズとりそろえ、これなら食いしん坊のフランス人たちも満足してくれるだろうと考えた。

ところが、私は自分がたいして興味がないために、デザートを用意するのを忘れていた。

フランス人はブドウ酒つきでフルコースの食事をしても、デザートがないと決まりがつかないらしい。甘いもので最後のとどめをさす。それがなかったので、なんとなく物足りなさそうな顔をされ、「しまった」と思ったことがあった。

フランスの主婦は、デザートも手作りでなかなかうまく作る。

お店では売っていない、ふわふわ卵のエフ・ア・ラ・ネージュや、小型のシュークリームの皮にホイップドクリームをかけたのとか、チョコレートムースなど、お腹にたまらなくて口当たりのよいデザートを知っている。

「お菓子の好きなパリ娘、ふたりそろえばいそいそと、かどの菓子屋へボンジュール」という歌があるが、このような若い娘たちの姿をパリでよく見かけた。

色とりどりに美しく、そしておいしそうにでき上がっているお菓子の、どれを食べようかと迷ったあげく、一つだけ選んでお金を払い、町を歩きながら楽しそうに食べている。若い娘たちだけではない。いかめしいひげをはやしたおじさんさえ、お菓子を片手に食べ歩き、という姿も見かけた。

日本でもお菓子で季節を感じさせるものがいくつもある。春の桜もち、ひな祭りのあられ、五月のちまきなどいろいろあるが、フランスでもお菓子屋のショーウィンドーから季節を感じる。

一月にはギャレット・ド・ロワというパイが売り出される。キリスト降誕を祝ってそのこの昔、ベツレヘムのパン屋が人々にただでパンを配ったというういい伝えがあり、そのころのパンをまねしてか、丸くて平たい、何もはいらないパイを売る。甘みの少ないさっぱりしたパイだ。

パイの中に小さいおもちゃ（焼きものの動物が多い）がはいっている。そしてパイの上には、紙で作った金色の王冠がのっていて、おもちゃの当たった人はその夜の王さまということになる。

復活祭のころになると、さかんに卵形のチョコレートが売り出される。ゆで卵に色をつける風習が、卵形のチョコレートに変じたのであろう。卵も大小さまざまで、割ると中には銀紙に包まれたチョコレートがたくさんはいっている。

四月一日は〝四月ばか〟と日本ではいうが、フランスではプワソン・ド・アブリル（四月の魚）という。うそをついてよいことになっているのは、四月ばかと同じである。そしてそのころは、魚の形をしたチョコレートが店頭に並ぶ。魚のお腹の中にもまた小型チョコレートがたくさんはいっている。

フランス人はチョコレートがお好きだ。フランス人でなくても、スイスはチョコレートの名所だし、ドイツ人もイタリア人もロシア人も、チョコレートには目がないようだ。プレゼントにも一番使われているのは、チョコレートの詰め合わせとお花である。パリではそれにもう一つマロングラッセがある。洋酒をふくませた甘い栗が、一つ一つ銀紙に包まれている高級菓子で、これも女性にささげるプレゼントとして大いに活用されている。

クリスマスケーキは日本をはじめ、たいていの国が丸形のデコレーションケーキを食べるが、フランスでは薪の形をした細長いケーキを食べる。〝ビュッシュ・ド・ノエル〟といって、薪の上にはしあわせのシンボルとして、きづたや、きのこをクリームで作って飾る。そのとき、おとなたちは白ブドウ酒かシャンペンを飲む。

アルコール分がお菓子に含まれているものも多い。ババ・オ・ラムなどは、カステラにうんとラム酒を含ませてあるうえに、またラム酒をかけて食べたり、クレープスゼットは、かけたラム酒に火をつけてお客の目の前で燃したりする。こんなのは、おとなのお菓子といえるだろう。

子どもたちはどこの子どもも同じで、駄菓子屋さんの店頭に並んでいるあめんぼうや、兵隊の形をしたチョコレートの前から動かない。

甘いものばかり食べてはダメということで、子どものお三時はタルティーヌと決めている人も多い。タルティーヌと呼ぶといかにもすてきそうだが、なんということはない、棒パンを中二つに切りバターを塗って、その上から粉砂糖をふりかけた砂糖パンである。ときには片手に板チョコ、片手にパンと、かわりばんこに食べている子もいた。

パリには名の通った高級喫茶店が何軒かある。パイとクリームが段重ねになっている〝ミルフォイユ〟や〝シュー・ア・ラ・クレーム〟〝エクレール〟などを目を細めて食べ、パリでは珍しくおいしく入れた紅茶を飲み、おしゃべりに午後の一ときを過ごすのは、おしゃれをした、生活に余裕のある人々である。

このような場所で圧倒的に多いのは女性だ。やはりお菓子が好きなのは、どこの国でも女性と子どもということなのだろう。

台所の珍味

このごろは、どこの家庭でも電気がまかガス炊飯器を使っているが、私の子どものころは薪でご飯をたいていた。

「初めとろとろ中ぱっぱ」などという言葉を、若い人たちはもう知らないかもしれない。初めはとろ火でたき、少したってご飯がふきこぼれるほど火をたき、そのあと薪をおとしておきで蒸すのが、ご飯のたき方のコツであった。

朝起きて台所にはいると、家人がおかまからおひつにご飯を移している。底のおこげにおしょうゆをたらして握ってもらった。

まだ熱いおこげのおにぎり、それは台所でのみ味わえる珍味であった。

台所の珍味はほかにもあるようだ。グラタンをつくりながら、おなべの底に残ったホワイトソースを、指先にちょっとつけてなめるとき、シチューやスープのお味見をしているとき、それは、でき上がってお皿に盛られたときとは違うおいしさといえるだろう。

おつけ物を刻みながら、おいしくつかっているかしらと端切れを食べてみる。「よくつかっているわ」と満足するとき、その一切れはお皿にきちんと盛られたおつけ物より珍味である。

私の子どものころは、家庭でアイスクリームを作ったものだ。アイスクリームの材料を円筒の中に入れ、木製のおけにいっぱい氷と塩を入れた中で、ぐるぐる回す。ぐるぐる回すのを手伝うと、でき上がったとき、円筒のまわりにこびりついているアイスクリームをなめることができるから、子どもたちはいやがらずに手伝いをしたものだ。ガラス器の上で型抜きされたアイスクリーム以上に、指先につけてなめたアイスクリームはおいしかった。

子どもがなんとなく台所へはいりたがるのは、台所の珍味を求めてのことである。

オランダの婦人から、お正月用のお菓子の作り方を教わったことがある。〝オリボール〟と呼ぶその菓子は、大みそかに各家庭で山のように作って、お正月の一週間、それを食べるそうで、大みそかは町じゅうにお菓子を揚げるにおいが漂うという。揚げるときはスプーンで落とすので、いろいろな形ができる。彼女は作りながら、

「これはお魚の形」

「これは犬」

「ここにもうちょっと頭をつければ、お人形」とさまざまな形を楽しみながら作った。

そして「オランダの子どもたちは、皆台所に集まって、いろいろ注文を出しながら、大騒ぎをしてつまみ食いをするんですよ」といった。

外国にもこのような台所の珍味がある。そのお菓子は保存のきくものとはいえ、揚げ物だから、ふかふかと暖かい揚げたてがおいしいのだ。クッキーやお菓子を作る場合だって、子どもたちはにおいをかぎつけて台所に寄って来る。暖かい焼きたてのクッキーこそ、台所でしか味わえない。

ケーキはでき上がりをお皿に移した、そのかすがおいしい。かすとは、焼き皿にこびりついたカステラや、果物の焼けたのがキャラメル状になってくっついているものをいう。ナイフでこそげ落として食べるその味は、お菓子そのものよりこってりとして甘い。主婦は一日じゅう台所で立ち働いていてつまらないとグチる前に、台所にいるために食卓では味わえぬ珍味にありついているのだ、と喜ぶほうがしあわせではないだろうか。

〈オリボールの作り方〉

分　量

小麦粉　一キロ

卵　三個

牛乳　カップ約三

砂糖　カップ二分の一
ベーキングパウダー　大さじ一
塩　小さじ二分の一
揚げ油
干し果実
粉砂糖

作り方
①大きいボウルに小麦粉、ベーキングパウダーを入れ、混ぜておく。
②卵と砂糖をよくあわ立て、①の中に入れる。
③干し果実をみじんに切ったもの、塩、牛乳も①に入れよく混ぜてから、約一〇分ねかせておく。大きいスプーンですくえる柔らかさに牛乳で加減する。
④揚げ油にたねをスプーンですくって落としてこんがり揚げ、粉砂糖をパラパラとふって出す。

飾りものの果物よ、さようなら

フランス人は、自国の食べ物にはたいへんな自負を持っていて、お料理も世界一なら果物も世界一おいしいものが食べられると思っている。

「こんなにおいしい桃を食べたことがあるか？」と自信たっぷりに出された桃は、日本の白桃などとは比べものにならない貧弱さで、形も悪く、いささかうれすぎのせいか、いたんだあともついていた。「ナイフやフォークを使ったりしないで、かぶりついてごらん」というから、そうして食べた。甘い香りがして、汁が指を伝って落ちた。いかにも桃を食べているという気分になった。

洋なし、ぶどうも形はよくないが、香りがよく、甘い。

日本のいちごは、粒が大きく形も整っていて、見た人々を驚かす。「ああ、まるで芸術品だ」「食べるのが惜しい」とたいていの外人は感嘆の声を上げる。しかし味は大味で、香りもない。フランス人が好む、小さい小さいフレーズ・デュ・ブワ（森のいちごのように、森の空気が感じられるような野生の味はない。

なにしろこのごろの果物ときたら、むやみと大きくて、床の間の飾り物のように形よく、そして値が高い。料亭で出される大みかんは、ただ立派なばかりで、ぱさぱさと汁けもなくまずいのに、大きければ高く売れるのか、品種改良に生産者はおおわらわのようだ。

昔はみかんをはじめ、りんご、桃、ビワなど、いかにも今もぎたて、という姿で店頭に並んでいたものだが、このごろのものは〝もぎたて〟というよりも〝でき上がり〟といった姿で置かれている。

最近売り出された蜜入りのりんごは、甘くておいしいという人もいるが、私は気味悪くていやだ。蜜を注射している光景が目に浮かんで、ぞっとしてしまう。それより私は一山売りの赤いかわいいりんごのほうが好きだ。

私が子どものころに住んでいた大森は、そのころはまだ郊外で森や田畑が多かった。家の庭には大きなビワの木があって、小さい丸い実をつけたが、けっこう味がよく、「これ、家でとれたビワよ」と友だちに自慢しながら食べたものであった。ざくろもなった。実が割れて、ざくろの粒が顔を出している姿は美しかった。

柿の木や、ぐみの木のある友だちの家には誘い合わせて取りに行った。果物が身近なところで自然になる、ということを知らない都会の子どもたちは気の毒である。

果物はやはり南国種がおいしい。ハワイのパイナップル、パパイア。ハワイで初めて食べたマンゴーの味は忘れられない。しかし東南アジアには、それ以上にたくさんの果物がある。

一昨年の二月、バンコックに数日滞在したが、モンキーバナナという皮の薄い小さなバナナ、マンゴスチンのおいしさは、三度の食事もいらなくなるほどであった。マンゴスチンは透明の実で、さわやかな香り、さっぱりした味は暑さを忘れさせた。しかし、果物の王さまといわれるドリアンは、においが強く、初めての人には向かない。

十数年も前になるが、長い間住んでいたパリから帰国するとき、マルセイユから半貨物船に乗り、四十日かかって横浜に着いた。スエズ運河を渡り、星が降るように輝くインド洋を越えてシンガポールに着いたとき、数人の同船者たちとランチに乗って街へ行った。

果物市場を歩いていたら、ギザギザのついたフットボールのような果物が、ごろごろ転がっている。「ドリアン、果物の王さまですよ。土地の人たちは女房を質に入れてもドリアンを食べたいというそうです」と案内してくれた船の人がいった。

ものはためしと買って食べたその実のくさかったこと。オレンジ色のどろどろした実を、皆ぺっぺとはき出したが、そのあともにおいが残って閉口した。

それなのに一昨年バンコックへ行ったとき、こりもせずまたドリアンを食べた。

「オレンジ色をしてくさくて」と話したら、ドリアン好きの人が、「それはくさっていたのですよ。だいたいドリアンはバンコックでとれたのをシンガポールに運ぶのだから、ここのを食べなくちゃ」といささか無理強いに食べさせられたのであった。

出されたドリアンは、前に見たのと違って薄いクリーム色で、どろどろはしていなかった。ガラス器にもち米を柔らかく煮たのを少し取り、その上にドリアンの冷たく冷やした切り身をのせ、上からココナッツクリームがかけてあった。おいしかった。冷たかったせいもあるだろうが、口当たりもよく、同じ果物とは思えなかった。

沖縄へ行ったときは、枝つきの赤いいちごのような形をした〝ライチー〟が市場の店頭にいっぱい並んでいた。楊貴妃が最も好んで食べた果物といわれる〝ライチー〟は、いかにも妃の口に入れるのにふさわしい品のいい、香りの高い果物である。

皮をつめで割ると、パチッと小さい音がして、薄い乳色の実が出てくる。かんづめになったのは日本でも売られているが、これは実が白くてかたく、香料がきつくて、生の味とは数段の相違がある。

カリフォルニア産のオレンジは安くておいしいが、スペインで食べたオレンジは、カリフォルニアのものに比べてまた一段と安く、大きくて、一段とおいしかった。南アフリカ産のオレンジらしいが、実の色も真っ赤なのがあり、汁はしたたるばかりで、いかにも太陽をたっぷり浴びて育った果物といった感じがした。町の中にオレンジ売りの男が立っていて、「オランヘー」「ナランハー」と呼んでいた。オレンジとオレンジジュースが並べてあった。どちらが〝オランヘ〟で、どちらが〝ナランハ〟だったかは忘れてしまった。

これにひきかえ、冬のソ連で食べた果物の貧弱さは想像以上であった。小さい小さい、みかんよりも小さく傷だらけですっぱい、青いりんご。そのりんご以外の果物はないのである。このときはしみじみと共産国はつらいかなと思い、日本の果物を見せてやりたいと思った。

日本にももちろんおいしい果物がある。

甲州ぶどうはさわやかな味で、いくらでもあとをひくし、九州でとれる巨峰は香りがよく甘く、ブドウ酒を飲むような、人を酔わせる味を持っている。

二十世紀も口にさっぱりとおいしい。一山売りのみかんやりんごも好きだ。ちょっとうれかけた柔らかい柿は、お菓子よりもよい味である。

四季の果物が食べられるわれわれ日本人は、しあわせなはずである。いいかげん、品種改良はやめにして、自然のままに育った、形は悪くとも安くて自然な香りを持つ果物を、もっともっと一般の人々のために売り出してくれれば、もっとしあわせなのにと思う。果物は飾り物、贈り物用にあるのではないのだから。

涼しいおもてなし

暑い中をわざわざたずねて来てくださった方への第一のおもてなしは、冷たい飲み物である。コーラ、ジュースなどびんづめの飲み物は多いが、甘い飲み物は子ども向きで、むしろ麦茶や冷やしたお茶のほうがさっぱりとのどをうるおしてくれる。

秀吉に認められた石田三成のサービス精神こそ、夏にはふさわしい。今さら書くまでもないが、狩に疲れ、のどもからからにかわいた秀吉に、まずぬるい茶をたっぷりと供し、三杯めには上等なお茶を香り高く入れて出した三成の精神は、主婦の手本ともいえるだろう。

汗をかいているところへ熱いコーヒーやお煎茶では、ますます暑さが増す。氷を入れた冷たい水にレモンの輪切りを浮かせただけでも、暑いとき、のどがかわいたときには甘露である。

私は、夏になると麦茶を作るが、毎日だとそれもあきるので、朝食のとき紅茶をたっぷり入れて、残りをアイスティーにしておく。

ほんとうにおいしいアイスティーは、大きなコップにたっぷり氷を入れ、その上から入れたての濃いめの紅茶を注ぎ込んで作るが、ときにはお客さまの目の前で熱い紅茶や煎茶を冷たくしてもてなすのもおもしろいと思う。すこし濃いめの紅茶に、砂糖をとかし込んだうえでびんに入れ、冷蔵庫で冷やしておく。外出先から帰って来たとき、その中にレモンの輪切りを浮かせて飲めば、生き返った気持ちになる。

アイスコーヒーもこのごろインスタントコーヒーで簡単に作れるので、用意しておくと重宝する。夏は、残りのお茶も捨てないで、びんに入れて冷蔵庫に入れておくとよい。からだのしんまで涼しくなる飲み物は、かき氷だ。シャーベットやアイスキャンデーも冷たいが、かき氷にまさるものはないと思う。

あるゴルフ場で、暑い間、コースの中ほどに氷屋の屋台を出していた。私はそのコースを回るのが楽しみで、「ゴルフより氷が目的なんだから」と人々にひやかされたが、下手なゴルファーとしては、ひたすらかき氷を頭にえがきつつ、悪戦苦闘するのであった。

その氷屋には、イチゴ、メロン、レモンと赤緑黄のシロップをかけたのと氷あずきがあった。氷あずきはかんづめをあけた。

「昔はチブスをこわがったものだが、かんづめなら安心だな」と父が感心したようにいったが、確かに食生活も変わって安全になってきたものである。

最近はかき氷を作る道具が売られている。家庭で作ったかき氷など、暑いときのもてなしには何よりであろう。

しかしヨーロッパの人々は、あまり冷たい飲み物は好まぬようだ。

イギリスに行った男性たちは、「せっかくのハイボールを氷なしで飲まされるんですよ」と嘆く。ところが一年、二年とそれに慣れると、氷なしのほうがよく味がわかっておいしくなるという。あまり冷やしすぎると、冷たいというだけで味がわからなくなってしまうのだ。

ドイツでもビールを飲むときは、焼けた火箸をじゅっと入れて、飲みごろの温度にするという。だからほんとうに味わいたい飲み物は、あまり冷たくしないほうがいいのだろう。それにフランスやドイツ、イギリスは、夏といっても、さほど暑くないから、冷たいビールをのどに流し込む快感は必要としないのだろう。

夏、気になるのは、プーンと汗くさい冷たいおしぼりである。このごろは見た目にいかにも清潔そうな、一つ一つていねいにポリエチレンで包んだおしぼりが出てくる。冬は指がやけどしそうに熱く、夏はひんやりと冷たいおしぼりは日本独特のすてきなサービスである。しかし中には、なにかプーンといやなにおいがするおしぼりもまじっている。冷たい水の、なにか冷蔵庫臭いのも不潔な感じである。

暑いときに冷たいものはありがたいが、ありがたいと思わせるためには、細かい注意が必要だ。

お客さまをくつろがせるということも、涼しいおもてなしの一つである。欧米の風習では、紳士は招かれた先で上着を脱ぐのはもってのほかであるが、日本の夏は南国並みの暑さなのだから、冷房のきいていない家へ迎えるときは、上着を脱いでいただくのが、もてなしだと思う。

話はとぶが、ハワイへ行ったとき、外出にも散歩にも、およばれにも、女性はムームー、男性はアロハ姿なのをうらやましくながめた。かた苦しくない、快適な姿で生活できるのはしあわせだ。日本も夏はハワイのようにムームーと開襟シャツにしたらよいと思っていたが、このごろは冷えすぎる冷房の場所が多いから、そんなことをしたらすぐにカゼをひいてしまうだろう。

夏のおもてなしに、私は果物のかんづめを用意することが多い。冷蔵庫に一つ二つかんづめを入れておくと、不意のお客さまにも便利である。水ようかんのかんづめなども、不意のお客さま用にありがたいものの一つである。

先日京都に行き、祇園の「鍵善」で〝笹の露〟というお菓子を買った。小さい青竹の一節に水ようかんが詰めてある。竹をくわえるようにして食べる水ようかんは、夏に涼気を呼ぶ、さわやかな味であった。鍵善には有名な〝葛切り〟がある。吉野葛を固めて、薄く薄くきしめんのように切って冷たい水につけてあるのを、蜜で食べる。この葛切りもすばらしい夏の味である。

夏にかぎらず、おもてなしは心がけ一つである。冬なら暖かくくつろいでいただいて、暖かいものをすすめ、夏なら涼しいように気を配り、冷たいものをすすめるのが、原則だと思う。

心が伝わってくるお弁当

お弁当というと、私は小学生のころを思い出す。現在のように給食などなかったから、生徒たちは皆、お弁当持参だった。

小才のきく生徒は、お昼前になると、いち早く、ストーブの横に包みをほどいたお弁当箱を置いた。慣れた子は、お弁当のふたを取って水を少し入れ、ストーブの上に置く。そうすると、それこそたきたて、作りたてのお弁当のように、ほかほか湯気の立つ暖かいのが食べられるのだった。

手のある家では、お昼にお弁当を届けて来た。小使い室はお弁当を届ける人、取りに来る生徒、まだ届かないで不安そうに待っている生徒でごった返した。私は小使い室に取りに行く生徒だった。しかしそのお弁当はなまぬるくて、ストーブの上に置いたほかほかのがうらやましかった。

私はそのころは食が細く、おにぎりならまあ食べられたので、梅干やおかかを入れて俵形に握り、のりを巻いたお弁当の日が多かった。隣席のSさんは、赤いケチャップのはいったチキンライスをよく持って来た。ふたをあけて分けっこをしていると、前列のTさんやYさんも後ろ向きになって、いつも四人で食べた。

中にはお弁当を持って来ない子もいて、学校前のパン屋さんはにぎわった。それがうらやましくてうらやましくて、やっと母から許しを得て買いに行ったことがあった。チョコレートやクリームパン、それにハムだのカツのはいったパンが山と並んでいるのに目移りして、人ごみに押されながら買ったハムパンは、かさかさしていて臭くてまずかった。「やっぱりうちのお弁当のほうがおいしいのよ」と母にいわれるまでもなく、長年のあこがれは消えた。

小学生、女学生のころを通して、お弁当はおいしいものというよりむしろ、冷たいものという感じが残っている。そのころ私は、食欲のないやせっぽちで、食べ物に興味がなかったせいかもしれない。

それにひきかえこのごろは、汽車に乗るのは〝駅弁〟が楽しみだからといってよいほど、お弁当に興味しんしんである。たいしてお腹もすいていないのに、「どんなお弁当かしら」という好奇心で、つい買ってしまう。

駅弁を初めて売り出したのは宇都宮駅で、明治十八年。竹皮包みのおにぎり二個にたくあんがついて、五銭だったそうだ。

このごろは、幕の内のほかに釜めし、鳥ごはん、ちらしずし、鯛や鮎、あるところはえび、かにのすしと、実に種々様々の駅弁があるが、リバイバルなのか、またおにぎりも売られるようになってきた。

のり、ごま、ふりかけ、それにお赤飯のおにぎりなど、きれいな入れものに並んでいる。それもけっして悪くはないが、何か宇都宮駅の竹皮包みのおにぎりのほうが、おいしそうな気がしてしまう。

昔はお米だってきっと今のお米よりおいしかったに違いない。塩をきかせて大ぶりに握った横に古づけのたくあんがついている。その姿は素朴で、いかにもお弁当らしいお弁当という気がする。

どこの駅弁も食べたというわけではないから、批評がましいことはいえないが、一般的にいって幕の内弁当には失望する場合が多い。暑いときでさえ、よせハムとかソーセージ、卵焼きのようなくさりやすいものがはいっているし、その横に、熱いうちに入れたはずのフライが並んでいて、心配なのである。

過日、金沢駅で買った幕の内弁当は、さすがに古都金沢のお弁当だけあって、よせハムやソーセージ、フライなどはなく、魚は照り焼き、野菜の煮つけ、名物のごりの甘辛煮、山菜のおつけ物と、珍しく何も残さず食べられた。

折り詰め弁当が初めて売り出されたのは明治二十一年ごろで、姫路駅においてかまぼこ、きんとん、うど、鳥肉、奈良づけをとり合わせた弁当が出て、幕の内のはしりとなったといわれる。よせハム、ソーセージではなく、きんとんやうどがはいっているところがむしろ高級に感じられる。

現在駅弁の種類はなんと千三百種もあって、郷土色を持った特別弁当が八百五十種類あるということだ。

駅売りのおすしの王者は富山駅の〝鱒のすし〟だと思うが、私の印象に残っているのは、信越線妙高高原駅の〝笹ずし〟である。鱒、しいたけ、ささのこ、わらび、卵の五色を笹で巻いた笹ずしは、彩りもすてき、食べてもおいしい、そして安い、三拍子そろったおすしである。

紀勢本線の新宮駅で買った〝めはりずし〟も珍しくて忘れられない。

まず新宮駅が古風なたたずまいで、美しい駅なのだ。このごろはどこの駅も規格型で、一体どこに着いたのかわからない。駅前の広場から商店街の姿さえ同じだから、初めて着いた駅で、「あらここへ来たことあるわね」といってしまうときもある。そんなとき下車した新宮駅は、木造で日本的、いかにも新宮の名にふさわしくてうれしかった。

この駅には、高菜でご飯を巻いた〝めはりずし〟が売られていた。めはりずしとは、田畑で働く人々が大急ぎで作るお弁当なのである。高菜を広げてご飯をのせ、梅干を中に入れて包むように丸める。

大きいおにぎりなので、食べるときは思わず目が見開いてしまう。そこで目はりずしの名が生まれたのだそうだ。しかし新宮駅のは、食べやすく小さく作ってあり、中には香りのよい白ごまがはいっていた。

大船で駅弁を買うということもなく、ずい分長い年月が過ぎた。

学生のころ、湘南の海岸へ遊びに行き、帰途大船で買った〝あじの押しずし〟には、たった一つだけ、しその葉でくるんだすしがはいっていた。魚のなまぐささを最後のしそずしで消すその心づかいが、いっそう味を引き立てた。

子どものころ父が関西へ行くと、帰りを楽しみに待っていたものである。静岡の〝鯛めし〟を買って来てくれたからだ。鯛めしは今でもなつかしい。浜松の〝うなぎ弁当〟、横川の〝釜めし〟、敦賀の〝小鯛ずし〟、明石の〝鯛ずし〟、鳥取の〝かにずし〟……駅弁とはほんとうに楽しいものである。

パリに住んでいたころ私は、スペイン、スイス、ドイツ、イタリアとずいぶん演奏旅行をした。そのころ買った駅弁には、なにひとつ思い出もない。

サンドイッチ、サンドイッチと呼び回りもせず、肩から箱を下げた駅弁売りが歩いている。呼びとめても大したものはない。食パンにハムかチーズをはさんだぱさぱさのサンドイッチ、またはコッペにハム、チーズ、サラミをはさんだ、のどにひっかかりそうな駅弁であった。人々はほとんどそんなものは買わないで、食堂車へ行くか、または持参のブドウ酒つきお弁当をおいしそうに食べていた。

パリに着いたばかりのころ、私の住んでいたアパートの二階に、オペラ歌手の砂原美智子さんも間借りをしていた。

まだお互いに友だちもいなかったし、言葉もよく通じなかったころだから、何かにつけてふたりで出かけた。

ふたりでご飯をたいていたら、狭い台所で食べるのがいやになり、おにぎりにしてセーヌ川の川べりに出た。

行き交う船をながめながら、川岸に座りこんでおにぎりをほおばった。

「勉強ばかりしているけど、いつになったらオペラに出られるのかしらね」

「私もパリで歌ってゆけるのかしら」

「お金だって、いつまで続くかわからないし」

おも苦しい気持ちでながめたセーヌの流れは、私たちの心のように灰色だった。

川岸に座って食べた外米のおにぎりは、味けなく喉につかえた。

しかし、働けるようになってからのピクニックは楽しかった。

数年たって、義兄がユネスコの文化次長に就任し、姉と子どもたちもパリに住むようになった。

日曜日などは、郊外へドライブに行く。

フランスだから、お弁当といっても長い棒パン、ローストチキン、ハム、サラミ、ピクルス、ゆで卵にチーズなどで、ブドウ酒も必ずもって行った。ときには奮発しておにぎりやのり巻きを作って行くこともあった。

ブドウ酒を飲んで昼食後はごろりと寝ころび、梢ごしに青い空や行く雲をながめていると、疲れがどんどんとれてゆくような気持ちがした。

週末ともなると、パリに住む人々の大半はこのように郊外に出て行く。オートバイの後ろに女の子を乗せて走らせている若者の姿も多い。家族連れは、組み立ての椅子、テーブルさえ持参している。

おかしいのは、ちょっと先には静かな木陰があるのに、ハイウエイに近い、どう見ても落ち着かぬ場所に陣どり、行き交う車を見ながら食事をする人の意外と多いことであった。

私たちのように外で仕事をしているものは、お弁当を持って行くほうが栄養のバランスもとれてよいのだが、意外と弁当持参は少ない。映画の人たちは、一つの仕事が長いので店屋ものはあきるし、食べたいときにすぐ食べられないせいか、お弁当持参の人が多いようだ。

香川京子さんとテレビの仕事をしていて、「おつまみにならない？」と出されたお弁当が、未だに目に浮かんでくる。お魚の照り焼き、鳥の串焼き、えびの甘辛煮、野菜に卵焼き、その他十種類くらい、冷えても味の変わらないおかずがずらりと並んでいた。「母が作ってくれましたの」といわれたが、家人の心づかいがしみじみと伝わってくるお弁当であった。

淡谷のり子さんの母堂は、お年よりだが元気な方で、お料理をよくされる。テレビ局で「好子ちゃん、ちょっと来ない」と呼ばれ、個室に行ったら、お重をあけてくれた。小さいおにぎりがきれいに並んでいた。たらこや鮭のおにぎりのほかに、いり卵とハムのみじん切りがご飯に混ぜて握ってあった。「ちょっとしゃれているでしょう。いろいろと工夫して作ってくれるのよ」と淡谷さんはうれしそうにいった。

やはりテレビ局でお会いした、料理家の柳原敏雄先生が、「私のお弁当を食べてみますか」ととり出されたのは、昔風のこうりのような形のお弁当入れだった。「汁物はだめですが、おにぎりなど、むれなくてよいのです」といわれたが、近ごろでは見ることもなくなったそのお弁当入れは、とても風流なものとして目にうつった。中には、焼きむすびと卵焼きと奈良づけがはいっていた。「おしょうゆをつけて焼いたので、卵のほうは甘く作ってありますよ」といわれたが、なんともいえずおいしく、今でもその味は忘れられない。

家庭の主婦も、子どもや夫のお弁当を作るときはいっしょに自分の分も作るとよい。

そうすれば昼食を作る手間がはぶけるだけではなく、料理がさめたときどのような味になるかわかる。お弁当にはどのようなおかずがおいしいかを知ることができる。

お弁当はこわいものである。なぜならふたを開いたとき、家人の心が伝わってくるからだ。

ソ連ラーメン旅行

〈八十個持って出たラーメンも残り少なになり、心細い気持ちです。

仕事がすんでからほっとして、おいしいものを食べたいのに、かさかさの肉や味のないゆでた魚などが出て、それにはソースもついていないのですから、部屋へ引きあげても皆、なんとなく欲求不満でラーメンを食べたがります。

ホテルの部屋でご飯をたきたいと思っておなべを三日間もさがし歩きましたが、大きすぎるなべばかりで、しかたなく重い瀬戸びきのなべを買いました。小さい電熱器でたくと、熱が弱いのか生煮えのご飯しかできず、しかたなくおかゆを食べています。〉

昨夏三十数回のコンサートを行なうためにソ連に送り出した、事務所の者からの手紙である。

ソ連という国は義理がたいところがあって、こちらがソ連の芸能人を招けば、そのかわりに日本の芸能人も招いてくれる。一昨年、昨年と、ふた夏、歌手二名と楽団をソ連公演に行かせた。一昨年は加藤登紀子、旗照夫、鈴木敏夫とその楽団で、昨年は加藤登紀子と大木康子が入れかわった。

食べたいものが簡単に手にはいらないとなると、ますますほしくなるらしく、口に合わないロシア料理をいやいや食べたあとは、「お腹がすいた」「ラーメンまだある？」という催促であったらしい。

事務所の者はげっそりやせて、疲れて帰国し、「ただひたすらラーメンを作り、ご飯たきをしていました」と語った。歌手からは、「インスタントラーメンがこんなにおいしいものとは知りませんでした」というはがきが着いた。

私はこの二年の間に四回ソ連を訪れていて事情を知っているだけに、大いに同情した。モスクワやレニングラードのような大都市でも、お店が少ない、というより普通では見当たらないのである。国家公務員が勤めているホテルのサービスは、「こちらがお願いしたわけではありませんよ」「呼んでも、今は忙しいからダメ」的な、ひどく冷たいサービスぶりなので、食堂へ行ってもひどく待たされる。

モスクワに滞在したとき私は、朝食は果物とパンを買って部屋ですまそうと思った。通訳に連れて行ってもらった最初のデパートでは、かんづめしかなく、次にグムという大きなデパートというより中央市場のような所に行った。

パン売場には、おいしそうなパンがショーケースに並んでいた。しかし蜒々長蛇の列で、買うのに半時間以上かかった。果物も同様であった。

ソ連の聴衆は実に音楽好きで、音楽会を開く側にとっては、うれしいかぎりである。しかし設備は悪く、日中はマイクロフォンや照明をとりつける手伝いのために、事務所の者は大わらわだったそうだ。

ソ連ではサーカスは国営で、サーカス学校もあり、一流の技を見せる。地方巡業をしていると、ある町ではサーカス小屋で歌わせられることもあり、「先生、楽屋は象やライオンのにおいがするんですよ。私たち、象の出て来るのと同じところから出て歌うんです。前にも後ろにもお客さまがいて、困っちゃいました」とグチをいわれた。

めったに旅行者の行けない土地を見、ロシア人の中で働くことができたのはよい経験になっただろうが、疲れたときにほっとして食べる食事の楽しみは、マレであったようだ。

そんなこともあるだろうと、インスタントラーメン八十個持たせたのに、旅程の半分を過ぎたころはもうなくなったらしい。

インスタントラーメンというものは、私たち日本人にとってご飯につぐ、というより子どもたちにとってはご飯以上の国民食となっている。

友人が子どもを連れて遊びに来たので、「お食事をしていらっしゃいよ」と誘ったら、「ダメなの、この子たちにこれからラーメン食べさせる約束だから……」と断わられた。「ラーメンというと目の色が変わるのよ」というので笑った。

ところが、宴会料理にも家庭料理にも食べあきたのか、テレビのコマーシャルを見ていた夫が、「インスタントラーメン作ってくれ」といったには、恐れいった。

抵抗したい気分はあったが、お手伝いが昼食用に買い込んでいるのを知っていたので彼女にたずねると、「どれにしましょうか」と数種類も並べられたのには驚いた。煮込みラーメンを作り、食べるのをそばで見ていたらいかにもおいしそうである。

一口もらったら意外と味がよいので、がっくりしてしまった。インスタント食品を軽蔑するなかれ、である。たくさんの研究家たちが吟味して作り出した味だから、下手な料理人の作ったものより、むしろ安心して食べられる味なのである。せめてと、その後は、野菜を加えたインスタントラーメンを作る。

インスタントラーメンは一日になんと千万食消費されているそうだ。

「中華ソバにチリチリと波をつける、その機械を発明した人は、特許をとって何億円ももうけたそうですよ」といった人がいる。チリチリ、すなわち機械ではガツガツと波をつけるのであろう。確かに、まっ直な麵より横じわのあるほうがおいしそうに見える。

それで何億円、アイディア一つで金もうけはできるものである。

パリにいたころ、中華料理を食べに行ってもラーメンはメニューにない。麺のはいったスープを頼むと、スープの中に数えるほどのそばが泳いでいるだけであった。

そんなとき、ある特派員が「ラーメン屋を見つけた」というので、友人たちと誘い合わせて出かけた。場所はリヨン駅の裏通り、居住証明ももたぬアルジェリア人たちが住みついた、夜などとてもひとり歩きのできない暗いごみごみした路地にあった。

がたぴしの戸を押して中にはいると、粗末な木のテーブルと椅子が五、六個置かれ、生活に疲れはてた風体のアルジェリア人たちが食事をしていた。ほかにも料理はできるようだったが、私たちはお目あてのラーメンを頼んだ。

小型の金だらいのような器に、ちりちりとちぢれたラーメンが山と盛られてきたとき、その分量の多さにびっくりしながら、皆ものもいわずに食べはじめ、またたくまに金だらいをからにしてしまった。

その後もときどき出かけた。ラーメンは百五十円くらいだったと思う。そのラーメンを食べるためにちょっとはずれのリヨン駅までタクシーで行くと、五、六百円はとられたから、タクシー代のほうが高かったことをおぼえている。

ラーメンとは中華料理のはずなのに、札幌はラーメンの本場のごとくいわれている。

また、父の故郷久留米へ行っても「ここのラーメンは名物ですよ」といわれる。

札幌のラーメン横町へ行くと、小さい屋台がずらっと並んでいて、どの店へはいってよいか、迷ってしまった。友人の行きつけの店に連れて行ってもらったが、背のすらっとした清潔な感じの兄弟が、黙々として作ってくれたラーメンは、あっさりしたしょうゆ味に少々油をたらし、おいしかった。

雪の降るころ、湯気の中に顔を突っ込むようにしてラーメンをすすれば、からだじゅうほかほか暖まる。手軽に食べられる安いラーメン、これを名物と称するのもわかる気がする。

久留米のラーメンは、札幌や東京のとは違って汁が白っぽくにごっている。豚の骨でスープをとるから、「東京のラーメンとは味が違いますよ」と自慢する。

確かにこってりとした味で、このラーメンを食べ慣れたら、澄んだ汁のさらっとしたラーメンは、もの足りなくなるのだろう。

外国の料理が日本化してきたものに、とんかつ、カレーライスなどあるが、ラーメンも今や中華料理ではなく日本料理といっても、過言ではないだろう。

おせち料理　にしひがし

私は数年前まで、おせち料理というものを作ったことがなかった。長いことひとりで暮らしていたから、お正月ともなれば父母の家に行き、もうでき上がっているおせち料理を食べていた。

父の好きな脂ののったかものお雑煮とか塩ぶりのお雑煮は敬遠して、というより、お餅は太るというので、あきらめて、お重の中の好きなものを小皿に取り分けて、朝から一杯きげんになった。

私の好きなおせち料理は、粟づけの小はだ、ずしとかずのこくらいで、きんとんも黒豆もこぶ巻きもあまり好きではない。まあまあのだて巻きと、かまぼこをさかなにほんのり酔って、「ああお正月だ。今年はよい年でありますように」と少しはあらたまった気分になるくらいで、大みそかは夜中ごろまで歌っていたから、たいていもうろうとしてお正月を迎えていた。結婚後も、暮れは仕事が忙しいので、元日からは旅に出て休養することに決めている。

　しかし昨年は、歌手の卵たちや事務所の独身社員たちが、「お正月に遊びに行きたい」というので、おせち料理を作ることにした。

　まず築地の河岸に買い物に出かけて、すっかり楽しくなってしまった。食料品なら、ないというものがない。そしてまた、その景気のよいこと。はち巻き姿のアンちゃんたちが、威勢のよい声をあげ、人々は先を争って買っている。

　私も大いにハッスルして人中に割り込み、持ち切れぬほどの品をかかえ込んで、大みそかは夜遅くまで料理にいそしんだ。

　おせち料理などというものは、決まりきっていて、一日食べたらもういやになってしまうものである。だからといって、毎年同じものでもやはりそろえなければなんとなくさびしい。私も、どこの家のお重箱にも並ぶような、栗きんとん、ごまめ、なます、紅白のかまぼこ、その他ありきたりのものを詰めた。お雑煮の用意もした。

　しかし、二十代の若い人たちがたくさん来て、腰を落ち着けて遊ぶのなら、これだけでは満足しないにちがいないと思って、ビーフシチューを大なべにいっぱい作った。

　元日に来た人たちは、おせち料理も結構喜んだらしいが、結局それだけではお腹が落ち着かず、作りすぎたかと心配していたシチューも全部なくなったそうだ。

　なくなったそうだ、などというのは、私は用意だけすませて大みそかの夜、京都の友だちの家へ遊びに出てしまったからである。

大みそかの夜は八坂神社へおけら参りに行くつもりでいたが、年越しそばならぬうどんすきを食べながら、あちこちのお寺からひびいてくる除夜の鐘を聞いているうちに、めんどうくさくなって行かなかった。

友人の家から夜中すぎ、ホテルへ帰ったが、ずいぶん遅いのに、大掃除やお正月の用意にまだ灯をともしている家があった。縄の先に移した火をつけたのを、消えないようにふりまわして歩いて来る、おけら参り帰りの人々にも出会った。その火を火種にしてお雑煮をたくと、病気にならないといわれているそうだ。

翌朝は誘われるままに、また友人の家へお雑煮を祝いに行った。お雑煮は粟餅の煮たのに、大きな大きなかしらいもと小いも、それに小さい形のよい大根の輪切りがはいって、けずりがつおがかかった白みそ仕立てであった。

かしらいもは切らないままゆでたのが、どかっとのっていて、見ただけで、これはとても全部食べるわけにはゆかないと思った。「ちょっとでも食べておくれやす。祝いごとどすから」といわれ、こわごわと箸をつけたら、しんまで柔らかくておいしかった。

別にこれもしきたりだそうで、こぶを二枚細長く切って十字に置き、その上に梅干をのせ、お湯をそそいだのがついていて、これはさっぱりとのどに通りがよかった。

昼間はお寺参り兼ドライブに過ごし、夕方帰ってまた友人の家でお薄をいただいた。

「これもお正月のものどす」と出されたお菓子の、あまりに美しいのに目を見はった。はじめて見たお菓子であった。

花びら餅で、ピンク色の薄いお餅をまん中から折って合わせ、中にごぼうの砂糖煮を一本はさみ、中は白みそのあんがはいっていた。古くから宮中で参賀の公卿に下賜されたお菓子なのだそうだ。

薄いピンクのお餅にはさまれた薄い緑色がかった灰色のものがごぼうとは、茶色いごつい野菜と思い込んでいた私には信じられなかった。なんとも春らしいほのぼのとした美しい色合いであった。

京都ならではのお菓子と、しみじみながめ、京都のお正月はまた東京とはずいぶん違った味のあるものと感心した。

私は長いことパリに住んでいたが、お正月はなんの行事もなく、特別の正月料理なども存在せず、さびしかった。

日本人の友人たちで、せめてお正月を祝おうということになったが、さてそれではといっても、おせち料理の材料は何もない。「何か食べたいものを作りましょうよ」というと、皆異口同音に「おすしが食べたい」という。

元日の朝早くから、ひとりは市場へ魚を買いに走り、ひとりはすし飯作りにとりかかる。あまりよく切れない包丁で魚をおろし、自分たちが握ったおすしは、それこそ吹き出したくなるような形ではあったが、ほおが落ちるほどおいしく感じられた。

おせち料理がおすしだった、などといえば笑われるだろう。しかしお正月を祝い、皆で楽しく食べるのなら、手作りのおすしだってりっぱなおせち料理といえると思う。

おせち料理そのものにしてもお雑煮にしても、各家庭で自慢のものが必ず何かあるものだ。その味が母の味であり、忘れられないお正月の思い出にもつながるのだろう。

父母の家では、久留米の郷土料理〝がめ煮〟を必ず作る。がめ煮とは、鶏肉、ごぼう、はす、にんじん、こんにゃくの煮しめである。

夫の母は手をかけてきんかんを甘く煮るのが得意である。

私の得意なおせち料理はシチューだ、などということではあまりにも情けない。お正月らしい心に残るようなおせち料理を、一品でもよいから自分のものにしたいものだ。

世界の家庭料理

「世界の家庭料理」というテレビ番組に、一年間出演していた。

週一回放映されていたその番組は、題名のごとく各国の家庭料理をその国の方が作るという趣向であった。私はお相手役兼通訳で、苦戦しつつも、知らなかったいろいろな料理を見、かつ味わわせていただけて、しあわせであった。

フランス、イタリア、ドイツはもとより、オランダ、ルーマニア、トルコ、ギリシアの料理、またインドネシアの〝ウダン〟、〝リチャリチャ〟と呼ぶえび料理だとか、〝アイアムクーニン〟というおかしい名の鳥料理も教わった。

おかげでたくさんの料理を知ったが、考えてみると、その中で自分のレパートリーとなったものは、意外と少ない。一度はためしてみても、家人が好まなかったり、あまり手のかかるものや入手しにくい材料のものは作らないうちに、忘れてしまったのだ。

五十種類もの料理の中で、今私の得意料理となったものに、キャベツ巻きがある。

キャベツ巻きは日本風にすれば、薄いしょうゆ味であっさりと作る。トマト味にしてもよいし、またホワイトソースあえにしても悪くない。

しかし私はその番組でスウェーデン式〝コールドエル〟と称するのを教わり、ためして以来、それ以外のキャベツ巻きは作らなくなってしまった。これがキャベツ巻きか、と思うほど、なんともおいしいのである。

キャベツ巻きといえば、中身は牛肉または合いびきの肉に玉ねぎのみじん切りを混ぜ、柔らかくしたい人はこの中にパン粉か、パンを水か牛乳でもどしたものを入れる。しかしスウェーデン風はパンのかわりに肉と同分量のひや飯を入れる。

なべにキャベツ巻きを並べ、上からスープ（固型スープでよい）をひたひたになるまでそそぎ、約三〇分キャベツが透き通って柔らかくなるまで煮る。別なべまたは大きいフライパンにバターをとかし、粉を入れ、少々色づくまでいためてから、キャベツ巻きの煮汁でのばす。

グラタン皿にそのルーを少々入れ、キャベツを止めておいたようじを取って並べ、上からもルーをかけ、その上にところどころ生クリームかサワークリームを置いて、天火で表面がこんがりなるまで焼く（生クリーム、サワークリームのない場合は、汁と牛乳半々でのばすとよい）。

グラタンではあるが中身はキャベツ巻きだからしつこくもないし、ご飯好きのわれわれには、切り口からご飯が見えるのも魅力である。

　トマトの中身をくり抜き、野菜サラダを詰めたり、ひき肉を入れて焼いたりするスタッフド・トマトは、形が決まったきれいな料理である。ギリシアでは〝トマテス・ゲマステス・メ・リージ〟というむずかしい名のご飯詰めトマト料理がある。

　トマトは上四分の一を切りとって中身をえぐり出す。玉ねぎ、にんにくはみじん切りにし、サラダ油で色づくまでいため、えぐり出したトマトのざくざくに切ったのを汁とともに入れて、五分ほど煮る。塩、こしょうで味つけをしてから、残りご飯を入れてよく混ぜ合わせ、中身を抜いたトマトに詰める。

　上からぱらぱらとチーズの粉をふり、切りとったトマトでふたをして、天火でおよそ一五分焼くと、ほかほかのご飯入りトマトができ上がる。

　それだけ二個も食べれば、軽いランチになる。もちろん夜食にも悪くないし、肉料理のつけ合わせにもなる、おいしいおいしいスタッフド・トマトであった。この二種類は、残りご飯をうまく使える日本人向き外国料理である。

　ご飯のおかずにおいしいものにベトナム料理の〝ダオフーハブ〟という豆腐料理があった。私は中華料理の麻婆豆腐も好きだ。お豆腐ととうがらしのきいたひき肉入りのくずあえ、麻婆豆腐は、白いご飯にのせて食べると、とてもおいしい。しかしこれは、お豆腐がくずれやすいので、なかなかうまく作れない。ところがこのダオフーハブは、蒸すから形がくずれず、誰にもやさしく作れる。そのうえ安い。

四人前で豆腐二丁、豚ひき肉二〇〇グラム、しいたけ四個、長ねぎ二本を用意する。お豆腐は水切りをしてから、縦に二つ、横に三つに切り、深皿に入れ、しょうゆ、味の素を少々かけておく。水にもどしたしいたけは細長く切り、ねぎは薄く輪切りにし、豚のひき肉とともに、しょうゆ大さじ三杯、味の素少々入れてよく混ぜ合わせ、それを豆腐の上にまんべんなくのせる。その上にサラダ油少々ふりかけて、二〇分蒸したらでき上がりである。でき上がりは、豆腐のまわりに汁がしみ出ている。その汁もよい味になっているから、ご飯にかけてもおいしい。

残りご飯だとか手がかからなくて安いとか、いささかわびしげだと思う人のために、オルドーブル二種をつけ加えておこう。一つは〝スウェーデンの鮭〟、一つはロシアの〝なすのイクラ〟である。

〝なすのイクラ〟とは、キャビアの味をしのんで作ったなすの料理である。オルドーブルのところで書いたように、ソ連ではキャビアをイクラと呼ぶ。これも考えてみれば代用品で、経済的なにおいがしてくるが、黄檗《おうばく》料理的に、なすのおいしさが生きているキャビア料理である。私にとっては、パリ時代下宿していた亡命ロシア人、マダム・カメンスキーを思い出すなつかしい料理でもある。

〝なすのイクラ〟を初めて食べさせてくれたのはマダム・カメンスキーであった。何で作った料理とも知らずに食べたが、えもいえぬおいしさで、すすめられるままに何回もおかわりをした。

そのころ私は小さい台所で自炊をしていたのだが、貧乏だったたし、お料理はあまり知らなかったから、「何を食べるの?」とマダムが台所にはいってくるのは苦痛だった。食事といっても目玉焼きとか、買って来たハム、たまにスパゲティーをゆでてケチャップでいためるくらいのことしかしなかったからだ。

「ちゃんと食べないと病気になりますよ」と叱られるのがうっとうしかった。そんな私を心配してマダムは、自分に作ったものをよく分けてくれた。

〝なすのイクラ〟も私の好物と知ってからは、たくさん作ってびんに入れ、中庭に面した風の通る戸棚に入れておいてくれた。

「なぜ教わっておかなかったのだろう」と長いことくやんでいたら、世界の家庭料理に出てきた。ムーザ山下さんという、ロシアの婦人が作ってくださった。

冷たく冷やしたのを、小さいガラス器に入れて六つ切りにしたトーストといっしょに出すと、しゃれたオルドーブルになる。

なすは六個、玉ねぎ一個、トマト一個、ピーマン一個、セロリの茎の部分一本、パセリ少々。

なすはまず皮のまま中が柔らかくなるまでよく焼く。焼けたら皮をむき、玉ねぎ、トマト、ピーマン、セロリ、パセリのみじん切りとともに包丁の背でよくたたき、まぜあわせる。フライパンに油を熱し、みじん切りの野菜全部を入れてよくいため、塩、こしょうで味をととのえ、冷たくさましてから供する。

セロリやパセリの香りがすがすがしい。そして油いためのなすは、こってりとねばりけがあり本場のキャビアと同じくらいおいしい。冷蔵庫に入れておけば一週間はもつから、ときどき出して食べられるのが楽しみである。

スウェーデンの〝鮭のマリネ・マスタードソース添え〞はちょっと凝っている、高級オルドーブルである。

生鮭五〇〇グラムを用意するが、鮭ではなくひらめでもたいへんおいしくできる。

塩大さじ二杯、砂糖大さじ二杯、白の粒こしょう大さじ三杯、ディル（香料の一種）大さじ三杯、パセリのみじん切り少々。これをよく混ぜ合わせてから、鮭またはひらめの表面にまんべんなく塗りつけ、バットに入れて丸一日ねかせておく。

ディルというのがいささか特殊なもので、なかなか見つからない。スーパーマーケットに行ったら、ドライディルというつぶつぶの種があったので、ためしにそれを使ったらけっこう同じようにできた。

丸一日おくと魚の身がしまり、うっすらとしめってくる。魚のまわりについているディルやパセリをこそげ落とし、おさしみのように薄く切る。

別にマスタード大さじ二杯、砂糖大さじ一杯、酢大さじ一杯半、サラダ油大さじ三杯、塩、こしょうでマスタードソースを作る。

大皿にレタスを敷き、魚の薄切りをのせ、その上にレモンの輪切りをそえると、見た目にもきれいで豪華だ。ソースは別皿に盛り、取り分けた魚につけて食べるが、この洋風おさしみは、私たちの口にも合う、すばらしいオルドーブルである。

五十種類も見て食べた中から、ここには五種類の作り方だけ書いてみた。この五種類が最高の料理だというのではなく、私の好みに合った料理だったのであろう。

料理というのは、自分がおいしいと思ったものだけおぼえてゆくものだ。そして人にも、自分がおいしいと思うものを食べさせたがるものである。

そこにいささかの危険がある。なぜなら自分の好きなものを必ずしもほかの人が好きとは限らないからだ。

お酒のはなし

カクテルにご用心

cocktailという単語を辞書でひいてみると、調合酒、前菜の一種と書いてある。カクテルを飲むといえば、マンハッタン、ドライマルティニ、ウイスキーサワーなどの調合酒を飲むことだが、カクテルのつく言葉はたくさんある。

カクテルを飲みながら楽しい時を過ごすのがカクテルパーティー、カクテルドレスといえば夕方のおしゃれ着。フルーツカクテルは調合果物とでもいうのだろうか、いろいろな種類のフルーツのかんづめや生のフルーツを混ぜ合わせ、ときには洋酒も入れる。オイスターカクテル、クラブミートカクテル、シュリンプカクテルは、生がき、ゆでたかに、小えびなどをカクテルソースであえた前菜である。

カクテルとはヨーロッパ人の飲み物ではなく、アメリカ人が作り出したものではないかと思う。ヨーロッパでは、カクテルパーティーといっても、カクテルは出ないでウイスキーまたはポルトー、デュボネ、チンザノなどの甘い食前酒と、パーティー向きの料理が出される。キャフェやバーにはいっても、カクテルを飲んでいる人はいない。カクテルを作るバーテンがいるところは、一流ホテルのバーくらいのものである。

しかしアメリカでは、家庭のパーティーですらカクテルを作って出す。もちろんあまり手の込んだカクテルではないけれど、ウイスキーを台《ベース》にしたマンハッタン、オレンジやチェリーを入れたオールドファッションなど、なかなか手ぎわよく作る。

ドライマルティニは九割のジンにドライベルモットを入れる強い強いカクテルだが、ジンのかわりにウォトカを入れるウォトカマルティニもはやっている。

ハワイに行ったとき、案内をしてくれた友人が食前に、「何かカクテルを召しあがりませんか」ときいた。ちょうどのどがかわいていたので、「ビールをいただくわ」と答えた。

私のビールと、友人には〝マイタイ〟がはこばれてきたとき、「しまった」と思った。

南国には、〝トロピカルドリンク〟というものがあることを、忘れていたからだった。

マイタイは、その中の最も代表的なカクテルで、ラムを台にして、レモン、オレンジのジュース、オレンジキュラソーを入れた甘みの強い飲み物である。

小さく切ったパイナップルやレモン、はっかの葉、蘭の花に飾られて出てくる。

それ以来、私は毎日違ったトロピカルドリンクを注文して楽しんだ。

ラム・ブルーカカオはレモンジュースとパイナップルジュースを入れた、深海の色をしたカクテルで目もあざやかに美しかったが、少し甘すぎた。

ウォトカにココナッツミルク、パイナップルとレモンのジュースを入れた白い飲み物の〝チチ〟も、少ししつこかった。

一番気にいったのは、ラムとブランデーの中にオレンジジュースを入れた〝スコルピオン〟だった。オレンジの香りがとてもさわやかなうえに、あっさりしていて暑気払いにうってつけだった。

青い空に青い海、白い雲に白い砂、南の島にそれらの飲み物は何とふさわしかったことか。


数年前、〝カクテルコンクール〟の審査員をつとめたことがあった。そして実にたくさんの種類があるのに驚いた。

卵の白身を使ったカクテルはふわふわの真っ白な泡が見た目に美しかった。ピンクレディーという、ピンクのお酒の上に白い泡ののっているカクテルは、まるでピンクのドレスに白い毛皮をつけたプリンセスの姿のようだった。

このようなきれいな甘いカクテルは一杯飲んでほんのりと楽しい気分になるための飲

み物である。カクテルは、四杯も五杯も飲んだなら必ず悪酔いし、翌日は頭も上がらぬほど苦しい思いをするものだ。

だいたいが、お酒とお酒を混合したものだし、ウイスキーにベルモット、ジンにグラナディンというふうに、口当たりがよいように甘くしてある。だからお酒を飲んだことのない女性でも、「あら、おいしい」と思わず口をつけ、一杯飲んでなんとなくうきうきし、つい二杯めにも手を出す。一杯が二杯、二杯が三杯と、飲むほどに楽しくなり、ついつい飲みすぎる。

翌日頭が痛いというだけですめばよいが、うっかりはめをはずして泣きじょうご化して恥をさらしたり、つまらない男に誘惑されるということにもなりかねない。たった二杯、三杯の甘いお酒のために、一生をあやまることだってある。男性がいやに熱心にカクテルをすすめるようなら、これはあやしいぞ、と警戒したほうが身のためである。

ビールは少々飲みすぎてもすぐさめる。ウイスキーは男性的なお酒とでもいうのだろうか、神経がさえる酔い方をする。カクテルは人の心をほんわかと楽しくさせる誘惑的な酔い方である。

あわただしい毎日の生活の中で、あるときは心楽しく酔うのも気分が変わってよいものだ。お酒なんて、と堅いことをいわず、たまには自分も飲んでみると、男性がなぜお酒を飲むのか少しはわかってよいかもしれない。それにお酒をたしなめば、自分の適量を知ることができて人前で恥をかいたり、失敗したりすることもないだろう。

華やかなお酒――シャンペン

お祝いのとき、なくてはならぬものはお酒である。古いしきたりが消えつつあるこのごろでも、お正月になればおとそを祝う。三三九度の杯も、お酒がなくてはできない。やくざの世界だって、親分から杯をもらわなくては子分にはなれない。お酒を中心にして祝い事が行なわれ、誓いがかわされる。これはおそらく日本だけではないだろう。

フランスの祝い酒はシャンペンだ。「シャンペンを抜きましょう」という言葉には、「おめでとう」の意味がこめられている。日本の祝い酒は日本酒で、数え切れないほど種類のあることは私たちも知っているが、シャンペンというと、泡の立つ甘いお酒くらいしか知識がない。

しかしシャンペンにも日本酒同様、たくさんの種類がある。パリのナイトクラブへ行くと、銀の氷入れがテーブルに置かれ、中にシャンペンのびんがさしてある。その横には必ず二〇センチくらいの長さの木の棒が置いてある。先が丸くなっていて、グラスにつがれたシャンペンをそれで軽くかき混ぜると泡が立つ。しかし泡を立たせたほうが飲みやすい、泡を立てて飲めば悪酔いしない、などというシャンペンはあまり上等のものとはいえないだろう。

　上等のシャンペンは、一びん四、五万円という高価な酒で、そのようなシャンペンならつがれたときの泡だけで、かき混ぜたりせずに飲むのがおいしい。シャンペン・ディナーとは最初から最後まで、ブドウ酒はもちろん、他のお酒はいっさい出さないディナーである。翌日頭も上がらぬ二日酔いをさせないためには、上等なシャンペンを出すから、シャンペン・ディナーといえば最高のぜいたくといわれるのだろう。

　シャンペンを食前に飲むときは、〝キール〟にすると口あたりは更によくなる。赤いカシスの汁を入れて、ピンク色になった〝キール〟を、冷たく冷やしたトールグラスで口にふくめば、何だかとてもぜいたくをしているような豊かな気持ちになる。

〝キール〟は台を白ブドウ酒で飲むこともある。

　デザートを食べるとき、甘口の白ブドウ酒やシャンペンを飲むフランス人も多い。お酒のさかなというより、甘いお菓子をよりおいしく味わうために飲むのである。

　シャンペンという言葉のひびきの中には、なんとなくぜいたくな、華やかなひびきがある。シャンペン・ミュージックというのは、泡立つように軽い、そして上品なムード音楽である。

　生活の味けなさに沈んだ気持ちになったとき、冷たく冷やした一本のシャンペンを、ポンという景気よい音とともにあければ、うさばらしになるだろう。シャンペンは手のとどかぬ酒ではない。このごろは日本製のシャンペンもあるし、白いテーブルクロスにグラスを置いてたまにはぜいたくな気分を味わうのもよいことだと思う。

お水がわりのワイン

このごろは日本でも食卓用ワインが作られるようになったが、まだまだ一般向きの飲み物とはいえない。

長いこと私たち日本人がブドウ酒と呼んでいたのは、食事向きに飲むブドウ酒ではなく、食前酒として飲む甘いポートワインであった。だから分量も少量で、台つきの小さなグラスで味を楽しんだ。

そのくせが残っているから、現在食事用の甘くないワインを飲むときも、台つきの小さなグラスで少量飲む。そしてびんに残ったワインはそのまま保存がきくと思い、半月も一か月もたってから、残りを飲むことがあるようだ。

しかしポートワインなら保存はきくが、食事用のワインは白で五日間、赤なら二日以上置けば味が変わり最後には酢になってしまう。ワインを飲む場合は、まずこのことを知っていてほしい。また、ワインは少量味わって飲むというより、食事をおいしくいただくために飲むものだから、あまり小さい台つきのグラスではなく、むしろ小さめの普通のコップを使うほうがよい。

白ブドウ酒は魚に、赤ブドウ酒は肉類、チーズに、そして、白は冷たく冷やして、赤は人肌で飲むのがおいしいとされている。

白ブドウ酒と一口にいっても、白っぽいのやクリーム色がかったのがあるし、また泡の立つブドウ酒もある。赤と白との中間色でヴァン・ローゼというピンク色のものもある。また赤にしても、薄い赤あり、紫色がかった濃いのありで、数えきれない種類があり、またできた年代により同じ種類でも味が違う。

フランスのブルターニュ、ブルゴーニュ地方のように、赤いブドウ酒のおいしいところでは、魚料理にも赤を飲む人がいるし、ドイツのライン、モーゼルは白がすぐれているから、肉料理にも白を飲む。ナイトクラブなどでも、シャンペンのかわりにホワイトワインを飲むこともある。

ヨーロッパの白ブドウ酒はさわやかな口あたりで、しかも香りとこくがある。ブドウ酒作りはなかなかむずかしいものらしい。甲府あたりはブドウ酒を作るのに適しているといわれているが、それでも辛口のワインはできないのだそうだ。

食事中に飲むのだから、甘いワインはダメだ。それにもかかわらず、輸入もののワインに甘口が多いのは、いままで日本人はポートワインを飲みつけていたため、ワインは甘いものという観念が植えつけられていて、甘くないと売れないのだそうだ。

なぜフランス製の白ブドウ酒で甘口があるかというと、それはお菓子を食べるときに飲むブドウ酒だからである。

なんにしてもヨーロッパの人々は、日本人が日本酒を飲む以上にワインを飲む。子どもだってワインの水割りを飲むし、老若男女、ワインはお酒であると思わず、必要飲料と思っている。

カゼをひいたときの薬にもしている。赤ブドウ酒にお砂糖を入れて煮立て、その上にレモンの輪切りを浮かして飲むのである。フーフー吹きながら、熱い甘いブドウ酒を飲めば、ぞくぞく寒くても、暖まってカゼを吹きとばしてしまう。

労働者の昼食にも、必ず赤ブドウ酒のびんがつきものである。昼食時になると、労働者は近くの酒屋で、一本百円くらいのワインを買い、工事場に座りこんで持参のサンドイッチを食べながら、らっぱ飲みをしている。

だから午後人に会うと、たいていの人が酒くさい息をはいている。「不まじめだ」と憤慨するようでは、フランスには住めない。

コニャック——男の酒

パリに住んでいたころ、日本からお客さまが来ていっしょに食事に出る、またはいっしょにフランス人に招待される、そんなとき、「アペリティフ（食前酒）は何になさいますか」ときかれて「コニャック」とか「ブランデー」と答える方があるのに困った。

フランスではコニャックは食後の酒で、けっして食前には飲まないからであった。食前酒は甘い酒かウイスキー（これはトマトジュースとともに戦後はやり出した飲み物である）、それも水割りかハイボールで、庶民的な酒ペルノー、リカールも水で割って飲む。

食前は軽く、食事中はワイン、食後に強い酒というのが決まりである。食後、口のところが狭くなっている、丸いコニャック・グラスを手で暖め、香りを楽しみながら、少しずつ口へはこぶ、そんなときのフランス人は、皆人がよさそうに見える。

そのほかにも食後の酒として、コワントローとかミラベル、さくらんぼで作ったキルシュなど、果実の香りとともにアルコールがつんと鼻にくる独特の酒があった。

シャルトルーズもよく飲む。シャルトルーズは僧院で僧侶たちが作っている強い酒である。色は黄と緑と二種あるが、私はその緑色が好きだった。緑といっても、うぐいす色がかった半透明のいんうつな色で、なにか、僧侶が押えつけられている欲望を語りかけているような神秘的な酒であった。

コニャックを水割りで飲む人もいたが、それはごく庶民的な飲み物らしく、客人には出さないようだ。

お湯割りといえばおかしいが、コニャック（またはラム酒）をコップに入れ、お砂糖とレモンの輪切りを入れ、スプーンをさして、そのスプーンめがけて熱湯をそそぐ（スプーンを入れないとコップが割れるから）。これをグロッグと称し、カゼの薬とフランス人はいっていた。これを飲むと汗ばむほど暖まった。

ソ連へ行ったら、食前の乾杯はコニャックかウォトカであった。ところ変われば酒の飲み方も違うもので、ソ連では食前酒である。

「乾杯」「おめでとう」と目を見合わせて飲み干すだけでなく、中国人は飲み干したあと再び相手の目を見つめる。ドイツ人やロシア人も酒を飲むときは、「何々のために」「誰々のために」と理由をつけて乾杯するのがならわしのようであった。

「あなたの健康のために」「××さんの成功を祝って」などとやっているうちに、タネぎれとなってしまい、「あなたの奥さまのために」「お子さんのために」と親子兄弟までもちだしてやたらと何かを祝し、パッパッと杯をあけていたロシア人が、「ロシアでは理由をつけずに飲む奴はアル中だというのですよ」といったので大笑いとなった。

シャンソン・ド・パリ

料理好きのタレント

私はヨーロッパへ旅行する機会が多いが、長いこと家をあけていると、落ち着かない気持ちになる。その一番大きい理由は台所仕事ができないためである。だから友人の家に招かれると、「私にも手伝わせて」とか、「私にも一品作らせて」と、早めにおしかけて行く。「材料だけ買っておいてよ。あなたたち何もしないでよいから」と出張コックになることもある。

しかしそれは、私だけではないようだ。

来日したタレントも、食べ物の話などしているうちに、台所へはいりたくなってくる。そして、「じゃ、作ってみせようか」「一度教えてあげるわ」ということになる。

こちらは待っていましたとばかり、

「フランス料理食べに来ない？」

「スペインのバレンシアご飯よ」

と、友だちを誘って食べるパーティーを開く。

一番よく料理に来てくれたのは、ピアニストで作曲家のエミール・ステルンであった。

彼は「ライ・ライ・ライ」のヒット曲をはじめ、イブ・モンタンの歌う「コーヒー畑」「君よいずこ」その他、美しい抒情的なシャンソンを書いている、私の最も敬愛する作曲家である。ピアノもタッチが美しく、歌うピアニストと呼ばれる人だ。

「ワイフが下手だから自分でやる」というだけあって手ぎわもよかった。鳥のにんにく焼き、子牛と野菜の煮込み、豚のローストなど、ずいぶんいろいろな料理を食べさせてくれたが、今でもよく作るのは、ステルン卵と私が呼んでいるゆで卵のファルシーである。

ゆで卵のファルシーといえば、卵の黄身にハムのみじん切りを混ぜ、マヨネーズであえたのを、半分に切った白身の中につめるのが普通である。しかしステルンのはもう少し凝っていて、鳥のレバーをつめる。

まず、ゆで卵は縦に二つ切りにし、黄身は別皿にとっておく。鳥のきも（すなぎもはダメ）を濃いめに塩、こしょうしながらバターでよくいため、取り出してざくざくに切り、すりばちでよくする。その中に、にんにくまたは玉ねぎのすりおろしたのを少々、からし少々、生クリーム少々を入れ、卵の黄身も混ぜてよくねり合わせる。少し濃いめに味をつけてから、白身につめて天火に入れ、上がちょっとこんがりするまで焼く。

暖かいオルドーブルとしてこれを作ると、誰にもほめられる。

ステルンとともに来日していた、歌手ジャン・サブロンとも料理の話はつきなかった。「どこの何がおいしい」ということから作り方まで、よく話した。相当うで前にも自信があるようだったが、残念ながら腕をふるってもらうチャンスはなかった。

しかし彼から贈られるプレゼントは、いつも台所用具である。

スフレという、卵を使ってふわふわに作る料理は、火加減がむずかしく、天火がなくてはできないものなのだが、彼はガスの上にのせ、両面焼けば簡単に作れる特製なべをくれた。

「私の姉はたいして料理がうまくないはずなのに、この間よばれたら、ふっくらとよくふくらんだすばらしいスフレを出したんですよ。ふしぎに思ったら、便利ななべで作ったというでしょう。私もすぐ二つ買いました。一つはあなたのためにね」といったぐあいである。

サブロンもステルンも私がパリへ行くと、一生懸命おいしいものを食べさせようと、今まで知らなかったレストランへ案内してくれる。彼らとは音楽のうえだけでなく、食いけで結ばれた友だちでもある。

イベット・ジローも料理はなかなかうまい。彼女は来日公演八回という、日本びいきのシャンソン歌手であるが、テレビの料理番組で彼女が作ってくれた料理をご紹介しよう。

〝コッコ・オ・ヴァン（鳥のブドウ酒煮）〟。この料理はブドウ酒飲みのフランス人の家庭料理である。普通は赤ブドウ酒を使うが、ジローは日本人をよく知っているだけに、赤ブドウ酒だと味が濃いし色も悪いから、日本人に向かないと、白ブドウ酒で作った。

六人前として、鳥一羽を十二切れに切る。小玉ねぎ約十個、マッシュルーム一かん、じゃがいも小六個、食パン六切れ、白ブドウ酒（甘味のないワイン）一リットル、ベーコン四枚、パセリ少々、月桂樹の葉二枚、塩、こしょう。

まず、細かくきざんだベーコンをいため、皮をむいた小玉ねぎもいためておく。

なべに油を入れ、鳥肉に塩、こしょうして焦げめがつくまでいため、あればブランデー少々ふりかけて火をつけ、アルコール分を抜く。その鳥の上にベーコンと小玉ねぎのいためたのを入れ、ブドウ酒をそそぎ（ひたひたになるくらいで、足りなければ水をさす）、パセリ、月桂樹の葉を入れて約半時間とろ火で煮る。でき上がるちょっと前にマッシュルームを入れる。

別なべで、皮をむき面とりしたじゃがいもをゆでておく。食パンはトーストにして三角に切る。

深めの皿に、まずなべの鳥をざっとあけ、パン、じゃがいもはそのまわりに交互に並べて出す。食べるときは、めいめいパンを取り、その上に鳥のブドウ酒煮をのせ、わきにじゃがいもをよそっていただく。

柔らかく煮えた鳥には味がしみていて、ブドウ酒の香りもただよう、しゃれた鳥料理であった。

ジローのおかげで、私はこの料理をあまり多くはない私のレパートリーの一つに加えることができた。

最近来日していたレア・ザフラニは、カナリー島の生まれでマドリッドに住んでいる美人歌手であった。

「スペインで一番おいしかったのは〝ガンバ・ア・ラ・ブランチャ（えびの塩焼き）〟よ」

「〝パエイヤ・バレンシアーナ（バレンシア風ご飯）〟、もう一度食べてみたいわ」

「スペイン風オムレツは私の得意よ。日曜日になると家のものが、レア、オムレツ作って、っていうの」

「スペイン風オムレツってトマト入れるのでしょう」

「入れるのもあるけど、私たちがいつも作るのはじゃがいもと玉ねぎだけよ。おいしいんだから」

では、ということになり、私は材料をととのえて待っていた。

そして驚き、感激した。

私がまねして、これがスペイン風と思っていたオムレツも、私流の〝パエイヤ・バレンシアーナ〟も、まるきり作り方が違っていて、当たり前のことながら、本式のほうがずっとずっとおいしかったからである。だから忘れないうちに、ここに書いておくことにする。

まずオムレツは四人前として、卵六個、じゃがいも中二個、玉ねぎ中一個。

じゃがいもも玉ねぎも皮をむいたら小さいさいころ形に切り、たっぷりの油でちょっと焦げめがつきはじめるまで揚げて、別皿に取っておく。卵は黄身と白身を別に分け、白身はよくあわ立てる。

よくあわ立ったら、その中に静かにほぐした黄身を入れて軽く混ぜる。塩、こしょうをふり入れ、揚げたじゃがいもと玉ねぎを入れ、ざっと二、三回混ぜたら、油をひいて熱したフライパンに全部入れてしまう。

下が焦げたところで、片手にフライパン、片手にフライパンよりちょっと大きめの皿を持ち、ふたをするようにしてから裏がえしてのせる。そしてまた、フライパンに新しく油を足して熱し、皿の卵をずらすようにしてのせ、今度は下側を焼く。

これで両面こんがりと焼けたわけだが、あとはもう一回ずつ同じ動作をくりかえすと、オムレツは中までよく火が通る。手ばやくやらないと焦げるし、なかなか、テクニックがいる。でき上がりを四つか八つに切って各自の皿に盛って食べるが、切り口は卵とじゃがいも、玉ねぎが層になっていて、見た目にはお菓子のようである。ふかふかと、しかも揚げじゃがいもの柔らかさがねっとりと口に広がるおいしいおいしいオムレツであった。

バレンシア風ご飯は日本人向きのたき込みご飯だが、中身が多い。

六人前としてお米三合、鳥一羽は八つ切り、あさりのむき身またははまぐり少々、えび人数分（車えびがよいが、高いから熊えびでも大正えびでもよい）、ピーマン三個（赤いのがあれば赤がよい）、トマト一個、玉ねぎ一個、グリンピース少々、サフラン（薬局で売っている）。

これは平たいなべで作る。レアはこのほうがよいといって、長方形のバットで作った。なべにサラダ油をたっぷり入れて、玉ねぎとピーマンの薄切りをいためる。八つに切った鳥もざっといためる。

塩、こしょうで濃いめに味つけしてから、水をひたひたになるまでそそぎ、皮をむいてざくざくに切ったトマトを入れ、鳥が柔らかくなるまで煮る。

煮上がったらあさり、えび（殻つきのまま）を入れ、洗っておいた米にサフランを混ぜてから、なべの中に入れてたき込む（サフランを混ぜる場合、お米がからし色に色づくくらいでよい）。初めは中火で、焦げつかぬようしゃもじで底を動かすように混ぜ、水のひきかかったころ、とろ火にしてふたをする。

大きいバットのふたはないので、どうしようかととまどっていたら、彼女は、「これがよいわ」とまな板をかぶせた。

たき上がったら上からパラパラとグリンピースをふり、なべのままテーブルに出す。ご飯の黄色、赤いピーマン、えび、それに緑のグリンピースと、彩りも美しい豪華なたき込みご飯である。お米にも貝やえびの味がしみ込み、鳥のスープの味も加わり、かみしめればかみしめるほどおいしいご飯で、スペインのふんい気も食卓いっぱいにただようようであった。

食べ物に興味を持てることはしあわせである。

たいして知らない人とだって、食べ物の話なら気軽にできるし、人の陰口をきくわけではないから、あとくされもない。

「あれがおいしい」

「これがおいしい」

とたあいないことをいいあっているうちに、何か友情を感じてくるのだからありがたいものである。

なつかしき大食家たち——ピアトニツキー合唱団

十一時出航というので、私と音楽事務所の青年たちは、九時過ぎから横浜港に来ていた。ソ連から招いたピアトニツキー合唱団六十名が、日本公演を終えて帰国するからである。ちょうど来日していたバレエ団も同じ船になり、入り口はたいへんな混雑で、出航は二時間遅れるということであった。

雨がひっきりなしに降り続いて、投げあったテープもしばらくするとぬれてちぎれ、足もとはよごれたテープで踏み場もない。甲板にずらっと並んで、ちぎれんばかりに手を振っていた彼ら、お別れのために声をそろえて歌ったカチューシャもすでに数回になる。

私たちの足もとはぐっしょりぬれて、早くから来た人たちは朝食も食べていない。

「あと二時間ですって。南京町でラーメンでも食べようか」

こういうとき、すぐ何か食べたがるのは私の悪いくせである。

タンゴのアルフレッド・ハウゼ一行が初めて羽田に着いたときもそうであった。寒い二月の夜で、ゲートに立って飛行機から降りてくる彼らを見さだめた後は、ほっと安心するとともに、寒さが身にしみた。

「税関を通過するのに三十分はかかるわね」と、バーに飛び込んでハイボールを飲んだ。一杯が二杯となったとき、「アルフレッド・ハウゼをお迎えの方、至急おいでください」と拡声器で呼び出された。

感激的な出会いであるはずだったのに、私は皆が集まって不安そうに待っているところへ、あわてふためいてかけつけた。

ピアトニツキーとの別れはそれ以上に悪かった。

ラーメンを食べて、「まだ時間はあるけれど、まあ行ってみましょう」と、それでも急いで港に行ったら、船の姿は見えず、さっきまでいっぱいだった見送りの人さえいない。二時間とはうそで、私たちが去ってまもなく出航してしまったのだそうだ。

「どうしよう」「どうしても送りたかったのに」と港に立ちつくしていたら、ランチが目にはいった。

「ランチで追いかけたらどうかしら」といったとたん、皆かけ出して乗り込んだ。

「もう一度、さようならがいいたかった」

「誰も見送らないで出航するなんて、悪かったな」

「追いついたら、きっと喜んでくれるね」

皆いらいらしながら前方を見ていた。

しかし大きな船の船足は速く、それらしき姿はぜんぜん見当たらない。どんよりとした灰色の海の波のうねりは高く、とうとうあきらめなくてはならなかった。

「ラーメンなんか食べなきゃよかった」

「石井さんはすぐ食べたがる人だから」

「あら、食べたそうにしたのはあなたたちじゃないの」といったところで、もうとりかえしはつかない。

いつもニコニコしていたなまずひげの指揮者、レバショフさんの顔が目に浮かんだ。小山のように太って、鶯のように美しい声のワレンチナさんの顔も、小柄で陽気なナジエジュダさんの顔も……。

なつかしいなつかしい人たちだった。ああ見送ってあげたかった。

私たちはしんみりしながら事務所に帰った。

ソ連から民族合唱団を招いたのは今から四年ほど前だった。

通訳がついてくるはずだったのに来なかったうえ、誰ひとりとして外国語は話せなかったから、会ってもお互いにニッコリ笑う以外、どうしようもなかった。

着いたのは夕方で、すぐホテルへ案内して、私たちはホテルのキャフェテリヤで夕食をとった。一行にレストランよりキャフェテリヤが安いからと伝えてあったのに、誰も来ない。「もう寝ちゃったのかしら」「食事はしないのかしら」と不審に思った。

翌日は記者会見があり、そのあとでレセプションを開いたが、六十人の団員がはいってきて五分もしたら、オルドーブルもサンドイッチも飲み物も何もなくなってしまった。レセプションのサンドイッチというものは大量に残るのが普通なのに、みごとなほどあき皿が並んだ。

「すごいですね、あの食べっぷりは」と同席したテレビの人が驚嘆した。

その席でパンはどこで売っているのか聞かれたが、そのあと女の歌手三人がパンを山とかかえて帰って来たと聞いた。

「じゃがいものゆでたのを持ってるんですよ。どうしたのかな。ホテルの部屋で煮ものしてるんですかね」と係の者は首をかしげた。

何しろレストランにはひとりも現われない。

二、三日したら係の者が、「いっしょに食事をしてゆけと部屋に誘われたら、大きなかんづめがいっぱいあって、それとパンで食事をしているんです。またそのかんづめが、コンビーフにあぶらがいっぱいはいっているような、ぎとぎとの肉で、とても食べられたもんじゃないんですよ」といった。

私たちの契約は宿泊費はこちら払いだが、食費は各自持ちとなっている。ソ連の生活状態は、日本の終戦直後のように貧しい。食料はないとはいえないが、豊富ではないし、冬場は野菜、果物が少なく、買う人々は列をなしている。衣類も高く数少ない。靴もなかなか買えない。

そんなふうだから、日本に行ったら、あれも買おう、これも買おうと楽しみにして来ているのである。そのために食費には金を使わず、買い物にまわすことに決めて、初めから大型のかんづめご持参なのであった。

ホテル側は、六十名も泊まればレストランでお金を落としてくれるに違いないと、割引きしているのに、とんだ見込み違いでお気の毒であった。

汽車に乗ったら駅弁、外出すればラーメンを食べている。

地方公演に出た事務所の者は、「恥ずかしくて顔が上げられなかった」と嘆いた。ホテルにはいるなり、「パンを買いたい」といわれたので、「ホテルに頼もう」と答えると、「いやホテルのパンは小さくて高いから、安い食パンでなくてはダメだ」という。そして誰がどう頼んだのか、ホテルの食堂の前に街のパン屋さんが店開きをして、食パンを売ったのだそうだ。ホテルの支配人ににらまれて、肩身が狭かったというわけであった。

そんな食生活なのに、皆すごく太っている。粗食はむしろ人間を太らせるのである。それに寒い国に住んでいるから、あぶら身をうんと食べるので脂肪太りだ。

送り迎えのバスも三十人乗りを二台頼んでおいたが、乗り切れず、三台頼まねばならなかったし、一度は、チャーターした六十人乗りの飛行機に、重すぎるという理由で四人降ろされてしまった。一行を見た飛行場の人が、これはたいへんとばかりひとり秤《はかり》に乗せ、重い人たち四人は重量超過のためと残され、あぶなく次の公演に遅れるところであった。

ずいぶん思いがけないことにぶつかったし、また公演自体も民族合唱という地味なものだけに入りもはかばかしくなく、私にとっては苦しい公演であった。

しかし合唱団の人々は練習には熱心だったし、公演日程がきつくともグチ一ついわず、テレビ録画で時間が長びいてもうらみごと一ついわなかった。そのうえに集まりの時間は正確、バスが遅れてもじっとおとなしく待っている。実に忍耐強い人々であった。汽車の旅でもバスの旅でも、少し退屈するとひとりが歌い出す。皆それに合わせて大合唱になる。

すばらしいソ連の合唱団の歌を生で聞ける相客たちは大喜びだ。「カチューシャ」「ともしび」などは皆知っているから、日本人も加わって声を合わせて歌うという、ほほえましい情景も何回かあった。

帰国の前夜、私たちは送別会を開いた。

よく歌えなければマイクロフォンのせい、疲れても雨が降っても私のせい、寒い、暑いとグチをこぼし続け、不平不満のたえぬフランスタレントとは、あまりにも違うのに感激したからであった。公演は赤字だったけれども、せめて人のよい彼らにかんづめならぬ暖かい料理を食べさせて帰したかったのだ。

レストランを借り切って、スープ、オルドーブル、大型ハンバーグに大型サンドイッチ、サラダにお菓子を山盛りにして、ビールやお酒もテーブルいっぱいに並べた。大食家の六十名をしても、なお残りが出た。

私たちが歌えば彼らも歌い、夜がふけるまでダンスをした。バスが迎えに来て表に出ても、皆なごりおしげにカチューシャを歌い続けた。互いに肩を組んで、彼らはロシア語で、私たちは日本語で歌いながら、皆泣いてしまった。言葉はぜんぜん通じないのに、別れがつらくてならなかったのである。

「おかしいわね。何一つ話し合った仲でもなかったのに」と私たちはいう。

けれども私たちは知ったのだった。

人間って言葉が交わせなくとも、心が通じるということを。

来日タレントとその食欲

歌手にとっては、からだが楽器だから、誰も体調に気をつけている。太っていれば肺活量も多いし、体力もあり、自然と声が出しよい。オペラ歌手はたいてい大きい、太った人が多かった。

故三浦環女史は国際的なオペラ歌手であったが、丸々と太っていた。そして玉をころがすような美声で歌った。歌う前は大型のビーフステーキを必ず食べる、といわれていたが、外国人相手に長時間精力的に歌うためには、ステーキというガソリンが必要だったのだろう。

ずいぶん前、パリのオペラ座で「トラビアタ（椿姫）」をきいたことがあった。肺病の椿姫はでっぷり太っていて、糖尿病か高血圧で寝ているとしか思えず、歌声だけきいていればまだしも、見ているとおかしな気分であった。

昔はオペラ歌手すなわち大でぶで、それでも通ったらしいが、最近は見た目にもその役柄にふさわしくなくては成功しない。

イタリアの名歌手マリア・カラスは歌唱力プラス美貌で知られている。そしてかんしゃくもちで気ままという評判も高い。理性的な音楽家というのはあまりきかないが、彼女の場合は特にひどいようだ。

彼女はたぐいまれなる美声で認められたとき、なんと一二〇キロもある巨体だったそうだ。スターにするために彼女のマネージャーは歌の練習とともにきびしい減食を命じ、ついに半分の六〇キロにさせた。

もし一二〇キロであったならマリア・カラスの名は世に出なかっただろう。しかしつらい減食のため、いらいらしがちで、かんしゃくもちのカラスということになったのかもしれない。

数年前私はパリのオペラ座で彼女の舞台を見た。実に美しく、動作はしなやかで、テクニックもすぐれていた。しかし声にはつやがなかった。六〇キロも減量したためではないかしらと思った。

シャンソン歌手となると、オペラ歌手のように声量や肺活量を気にしないから、より以上、体重に神経を使っている。

フランス人は食いしん坊だから、食べたいし、太りたくないしで、皆頭をなやましている。イベット・ジローも太りやすい体質だから、いっしょに食事をしていても、ずいぶん気をつけているのがわかる。

彼女は食事中に水分をとると太るといい、水もブドウ酒も飲まない。パンも食べない。しかしお菓子はやめられないらしく、デザートに小さいお菓子を一つゆっくりと、いかにもたいせつそうに食べている。

気をつけているだけに、彼女はデビューしたころよりほっそりとして、むしろ年々若くなってきた。

ご主人でピアニストのマルク・エランは彼女といつも行動を共にしているが、アルザス生まれというだけに、ビールとドイツ料理が好きで、ジローがうらめしげにながめている前で、ビールをゴクゴク飲み、ゲシュニツェルという薄切り肉のクリームあえ、シユパッツェルという粉で作った洋風すいとんのバターいためをぱくぱく食べている。だからお腹も出ているけれど、ピアニストの彼は気にする必要もなさそうだ。

フランスの芸能人と仕事をする場合、食事時間をきっちりとってあげないときげんを悪くされる。

テレビの仕事は音合わせ、動きのとりきめ、照明、カメラ合わせ、とけっこう本番まで時間がかかる。午後早々にスタジオ入りして、本番は九時という場合、七時ごろになると皆お腹がすく。

私たちはリハーサルの合い間をぬって店屋ものをとったり、局内の食堂でサンドイッチなどを食べるが、彼らは正式に食べたいので、たっぷり一時間は休憩をほしがる。「サンドイッチでがまんしなさい」といっても、「サンドイッチなんかいやだ。ちゃんとテーブルについて食べたい」とがんばって困ることがある。フランスのテレビだと、食事時間は全員大道具から照明の人にいたるまで、一時間休憩で食事をするのだから、彼らから見ると日本は食事もさせてくれないひどい国、ということになるらしい。

食べるということをたいせつにする国民と、仕事が先という国民性の違いである。私は食いしん坊のフランス人のひいきをする気はない。午後早々買い物に出かけても、昼食時間とばかり三時ごろまでも店を開けないフランス人、オフィスをたずねても、四時にならぬと出てこないフランス人などあきれてしまう。

しかし日本人はもう少し食べることに熱心になったほうがよいと思う。本を買いたい、服も古びた、というとき日本人は食をけずる。それで病気になる人もいるからだ。

アメリカやフランスへ留学のかなった人々の中にも、志なかばで病いに倒れ、帰国した人が何人かいた。皆食事をたいせつにしない人たちだった。

歌手の中でも、名が出はじめて、これから、というとき倒れた人を、何人か知っている。彼らは倹約して食べなかったのではなく、忙しすぎて食べる時間をおろそかにしたのである。

フランス人は新しい服や本を買わなくともまず食べる。仕事中もきちんと食べる。

そのせいか無理がたたって倒れたという話はきかない。

来日芸能人の中には、日本食にすぐ慣れる人とそうでない人といる。十数年来、日本に来続けているイベット・ジローは夫のマルク・エラン氏のせいで日本料理になじめない人である。エラン氏は自分の食べ慣れたもの以外は絶対に手をつけない。彼にとって食べ慣れぬものは、食べられないものなのだ。人に招待された料亭で何一つ手をつけなかったときは、こちらが困ってしまった。

そんなふうだから、日本にいてもドイツ料理ばかり食べている。地方へ旅行するときは、ドイツ料理店でソーセージやサラミなど買って行くようだ。

それにひきかえジャン・サブロンは、来た日から私たちと同じものを食べたがった。おさしみはもちろん、おすしはげそまで食べる。外人の喜ばぬたくあん、おみおつけさえ、箸さばきもたくみに食べてしまう。

むしろこちらが、「無理しないで」といいたくなるほど、何でも食べるのだ。特に焼き鳥は好物中の好物で、毎晩仕事のあとは焼き鳥屋へ行く。

「六本木においしいところがあるよ」と、むしろこちらが教えてもらった。

食事にうるさい外国人も、焼き鳥はたいてい好きである。小さく作って竹串に差した焼き鳥は、デリケートで外国人をびっくりさせる。焼き鳥、つくね、はさみ焼きなど、皆喜ぶが、塩焼きにした手羽が一番好評である。ぎんなんも喜んで食べるが、外国にはないものなので、その説明にいつも困ってしまう。

ジャン・サブロンは、

「こんなすばらしいものをフランス人に食べさせたら、びっくりしますよ。いっしょにパリで焼き鳥屋を出しませんか？」と本気でいっていた。

彼はスマートなのにもっとやせたい人で、焼き鳥を食べていたらやせてきた、と得意であった。私たちのように、そのあと釜めしや赤だしでご飯など食べないから、うまいぐあいにやせたらしい。

トランペット奏者のジョルジュ・ジューバンも、おさしみ、おすしとなんでも食べたが、一番気にいったのは、やはり焼き鳥のようだった。サブロンもジューバンも国際的な芸能人で、海外旅行も多いから、外国の食べ物に偏見を持たないのだろう。

日本食を食べないからといって、その人が日本になじめない人だとは思わない。しかし日本食を食べられる人のほうが便利だし、つき合いよいのは確かだ。

おさしみを食べるのを横から「生のお魚など食べて、ああ気味悪い」とうさんくさげに見られるより、おいしいおいしいといっしょに食べてくれるほうがうれしい。

私も外国へ行けば、その国の人々が食べているものをいっしょに食べる。日本人がぞっとするようなものも、好奇心があるので、一応は食べてみる。

初めて〝テート・ド・ヴォ（牛の頭の煮込み）〟を食べたときは、いささか気味が悪かった。肉屋さんの店頭に皮をむかれてつるっとした牛の顔が売られているのを見ているからだ。〝ステーク・タルタル（生肉のひき肉に卵の黄身、玉ねぎのみじん切り、サラダ油、酢、ケッパース、こしょう、塩を混ぜて食べる）〟も初めは気持ちが悪かった。しかしベルギーに行ったとき、〝カルナバル〟と称してトーストの上にステーク・タルタルをのせて出されたら、知らずにおいしく食べてしまい、それ以来平気で、というよりむしろすすんで食べるようになった。

「気味悪い」「いやらしい」といえば何も食べられない。貴重な〝鮎のうるか〟や〝いかの塩辛〟〝鯛のかぶと蒸し〟など、外国人には気味の悪い食べ物なのである。

しかし、そのおいしさがわかれば、しあわせがふえる。なんでも味わえる私は、しあわせな人物だと思う。

クスクスの国から来たマシアス

フランスに行きはじめてから、もう二十年たった。初めは歌手として、今は音楽マネージャーとしてフランスとの関係は深い。

フランス人は親しくなると、必ず家に招いてくれる。アメリカ人も同様だが、内容はだいぶ違う。アメリカ人は、ふだん自分たちが食べている食事をいっしょに食べましょうといったもてなし方で、大してごちそうはしない。ごちそうはレストランへ行って食べる場合が多かった。

フランス人は、お客さまとなるとはりきって、ごちそうを作る。料理が上手だということは主婦の誇りだから、一生懸命腕をふるう。

私はフランス人の家庭によばれていつも感心して帰ってきた。家庭のディナーがレストラン料理よりずっとおいしかったからである。

パリに行くと、よくエンリコ・マシアスの家に招かれる。「マシアスの家へ行った」

というと、フランス人は「クスクスを食べたのか?」と聞く。

〝クスクス〟とはアルジェリアの料理で、パリにはクスクス専門のレストランが十数軒もある。クスクスを好きな人は多くて、歌手のマルセル・アモンもトランペットのジョルジュ・ジューバンも、私をクスクスに誘った。日本人の口に合うと思って誘ったのかもしれない。

確かに、ご飯つぶよりも小さくぱらぱらの蒸した粟(正確には粟粒状のパスタ/編集部注)に、羊や豚の煮込みをかけて食べるクスクスは、私たち好みの料理といえるだろう。しかしこの料理は日本ではぜんぜん知られていない。

アルジェリアといえば、フランス人はすぐクスクスを思う。エンリコ・マシアスもアルジェリア出身だから、マシアスの家へ行ったとなればクスクスを食べたに違いないと思うらしい。

彼の家で、アルジェリアの料理〝ジフィナ〟というパイを食べたことがある。夫人の手作りだったが、みじん切りの野菜とひき肉が中にはいっている丸い平たい揚げパイは、こってりとしてなんともいえぬおいしさで忘れられない。

パンも街では売っていないうっすらと甘い、身のむっちりしたのを食べた。

「おいしい、おいしい」とほめたら、人のよい彼は、「帰りに持って帰ってくださいね」とうれしそうだった。

それなのに私は忘れてしまって、さよならをいい、表通りに出たら六階の窓からマシアスが顔を出して何やらわめいている。車を待たせて立っていると、ハーハー息せききってパンの包みをかかえて、駆け出して来た。

来日したタレントは多いが、マシアスほど心の優しい人を私は知らない。

マシアスはスペイン人の父、フランス人の母のもとで生まれ、アルジェリアのコンスタンティーンで育った。長じて学校教師になり、父が所属していたオーケストラの指揮者の娘と結婚した。

そのまま何事も起きなかったなら、彼はコンスタンティーンで平和な生活を送ったことと思われる。

しかし突如起きたアルジェリアの動乱で、まず妻の父が殺され、続いていとこ、母方のおばたちもあい次いで殺害された。

苦しい悲しい心をいだいてマルセイユに移住した彼は、

私はふるさとを去った
私は家を去った
悲しい人生をわけもなくひきずりながら
私は　私の太陽　私の青い海を離れた

思い出は　さよならをいったあとで
私の心によみがえってきた

と歌ってフランスのシャンソン界にデビューした。これが「さらばふるさと」である。彼の笑顔はいかにもやさしく善良そうで、こちらもにっこり笑い返さずにはいられない。

しかし彼がふっと考えこんでいたり、黙っていたりしているときは、「どうしたの」と声をかけたくなるような、さびしい顔をしている。

父を失った夫人スージーは、無口なひかえめな女性だが、彼女は笑い顔すらさびしそうで、いつも何かに耐えている表情だ。家を奪われ、親を殺され、その土地から追われた悲しみがあまりにも深い傷あととして残っているからだろうか。

パリで成功したマシアスは、妻の家庭も、男手を失った親戚の家族も、ひとりでめんどうをみている。同行の楽師たちにも気を遣い、食事も外出もいっしょで、家族の一員のように扱う。

「マダム石井、ボクはあなたの親切は絶対に忘れません。あなたはボクのほんとうのお姉さんと思っています。どんなに有名になって、どんなに忙しくなっても、あなたが呼んだら私はすぐ日本に来るし、けっしてギャラアップなどしません」などと泣かせることをいってくれる。

確かに私とマシアスの出会いは偶然であった。

羽田、モスクワの開線で、モスクワ乗り入れの第一便に招待されたのは、今から二年前のことである。

モスクワのウクライナホテルでエレベーターを降り、部屋へ行こうとしていたとき、踊り場の受付の人に、

「指を切ってしまった。ドクターを呼んでください」と指をハンカチで押えた青年が一生懸命フランス語で頼んでいた。

なにしろソ連はすべてがスローモーションのうえ、ホテルで働いている人は国家公務員で、まるきりサービス精神がない。それにロシア語しか通じないのだから、青年が興奮して話しかけても、平然と動じない。

私の一行にはドクターもいたので、

「ケガをしたなら、日本人のドクターにみてもらってはいかがですか。ここで手当てをしてもらうのは無理でしょう」と話しかけた。彼は大喜びで日本ドクターの手当てを受けたが、廊下を歩きながら、自分は今夜ギターを弾かなくてはならないのに果物をむいていて指を切った、と話した。

私はどうも見た顔だと思った。

「もしかしたら、あなたはエンリコ・マシアスさんではありませんか」と聞くと、彼はびっくりしてうなずいた。

私はその数か月前から日本公演のために、彼のマネージャーとは手紙の行き交いをしていた。

「あなたがマダム石井か。なんと奇遇だろう。私は絶対日本に行ってこのお礼のために思いきり歌いたい」ということで、めでたく来日公演が行なわれたのであった。

そのあと私がパリへ行ったとき、彼は「オランピア劇場」に出演していたので、友人とともにききに行った。

大成功で人々は熱狂していた。私もうれしかった。

そのとき彼は、聴衆に向かって、

「今夜はうれしい夜です。私を日本に招いてくれたマダム石井が、パリ公演をききに来てくれたからです。皆さまも、彼女に拍手を送ってください」とアナウンスした。

私はどぎまぎしてしまった。どうしたらよいのか困って、「いやだわ」「バカね」といいながら、座席にからだを埋めていた。

けれどもうれしかった。彼が私を喜ばせたい一心でいったのだとわかるだけに、うれしかったのだ。

マシアスは口先のうまい男ではない。心と心で人と対する暖かい人である。生まれたての赤ちゃんを見せたくて、眠っているのに起こしてきて、あまりあやすので赤ちゃんがゲロをはいてしまったこともあったが、なんとかして相手をしあわせな気持ちにさせようとするのである。

その気持ちが、彼の歌にも、そして舞台の上にも出てくる。

まるで迷い子の子どものように
ボクは街を歩いて行った
ひとりぼっちで寒かった
パリよ　おまえはそんなボクを抱いてくれた

「パリに抱かれて」の中で、彼はこのように歌っている。
「北国の人々」の中では、

北国の人々は
戸外にはない太陽を

心の中に持っている
北国の人々は
苦しんだ人たちに
いつも扉を開けている

と彼を受け入れてくれたフランス人に、感謝を込めて歌っている。

やかまし屋のフランス人も、マシアスのことはけっして悪くいわない。善意に満ちたマシアスに敵対することは、誰もできないのだ。

パリでそして今は国際的に成功している彼は、もちろんすぐれた才能の持ち主である。しかしそれ以上に、彼の暖かい人柄が人々の心を引きつけずにおかないのだと、私は思う。

シャンソン・ド・パリ

シャンソンというものを初めて聞いたのは、芸大の学生のころであった。

友人の家へよばれたとき、

「すてきなアルバムを買ったのよ」と聞かせられたのが、「シャンソン・ド・パリ」であった。蘆原英了氏の解説つきで、表紙はパリの絵、レコード八枚とじの立派なアルバムだった。

リス・ゴウティの「パリ祭」、リュシエンヌ・ボワイエの「聞かせてよ、愛の言葉を」を聞き、なんと甘美な歌だろう、この世にこんな歌があったのかと感動した。

翌日レコード店へ行き、「シャンソンのレコードをください」というと「今はこれしかありません」と、イヴォンヌ・ジョルジュが歌っている「ナントの鐘」というのを渡された。

その歌もきっと美しい甘い歌だろうと、期待に胸を躍らせてかけてみたら、ひどくゆううつな歌で、しわがれた絶叫的な声は耳ざわりで、がっかりした。シャンソンって変な歌だと思った。

そのうちに「シャンソン・ド・パリ」の第二集が出た。リュシエンヌ・ボワイエの名が出ていたので、買ってみた。そしてあらためて夢中になった。

リュシエンヌ・ボワイエは「あなたの手」という、コケティッシュな恋の歌を歌っていた。ティノ・ロッシの「おお、コルシカよ、愛の島」、その声のなんと魅力にあふれていたことだろう。そして、その声のように甘い美しい顔写真がのっていた。

私は何回も何回も、くり返して聞いた。リス・ゴウティの「腕に抱いて」も、一集の「パリ祭」と同じようにすばらしく、その深い声が好きだった。

ダミアは「あの夜の夢」を歌っていた。

甘い優しい恋の歌を、何度も何度も聞いていると、ちょっとあきた。しかしダミアの歌は、聞けば聞くほど心にしみてくる歌だった。

そのアルバムに「ナントの鐘」もはいっていたが、はじめの印象が悪かったから、長いこと聞く気にならなかったが、ある日「どんな歌だったっけ」と軽い気持ちでかけてみて、驚いた。あんなにいやな感じだった歌が、しみじみと心にふれてきたからである。

ナントの牢獄につながれた罪人の歌で、短いメロディにつけられた八番まである詞に「アーアーアーアー」と嘆きの声がくり返される。その歌い方のなんと苦しく、なんとせつなく、訴える力をもっていることだろう。私はぼう然として聞き入った。

イヴォンヌ・ジョルジュは、ダミアと同じくシャントゥーズ・レアリスト（現実的な歌を歌う歌手）で、自身、薄幸の女性であった。

長いこと肺を病み、病弱に苦しみつつ歌い続けたが、最後にはサナトリウムで療養生活を送った。医師に見放され、死をさとったとき彼女は、あこがれつつ歌い続けた海をひと目見ようと病院を抜け出し、港町のホテルの一室で、誰にもみとられず、死んでいった。

早世した彼女のレコードは二枚しか残っていない。「ナントの鐘」と「水夫の歌」で、数少なく、イヴォンヌ・ジョルジュの名を知る人も、今では少ない。

リス・ゴウティも、私がパリにいたころ、カムバックするという話を聞いたまま、消えてしまった。カジノ・ド・パリの女王、ミスタンゲットも、故人となった。

私はシャンソン・ド・パリを聞いたことによってシャンソンへの目を開き、シャンソン歌手になったともいえる。

パスドックの家――出会いの不思議さ

一九五一年の暮れに、私は留学先のサンフランシスコから汽車でニューヨークに出た。そこから船に乗ってフランスの北の港ル・アーブルに渡り、汽車でパリに着いた。日本へ帰る前に、なんとしてもパリで本場のシャンソンをじかに聞きたかったからである。

船の中でアメリカの青年ボブと知りあった。彼は以前パリで勉強をしたことがあり、そのときは仕事でスイスにゆくところであった。

「シャンソンを聞きたいといっても、やっているのは劇場だけじゃないですよ、高級ナイトクラブとか歌声酒場とかいろいろあるけれど、女一人じゃはいりにくいでしょう。一晩しかパリにはいられないけどいっしょにつきあってあげましょう」と親切にいってくれた。

十二月のパリは、灰色で暗くて心ぼそい。ボブがその晩ホテルに迎えに来てくれたときは正直ほっとした。彼のエスコートでシャンソンのハシゴをしたが、「シロー」という帝政ロシア風の高級クラブでまずど胆をぬかれ、サン・ミシェルでは昔の地下牢屋が歌声酒場になっているのに感嘆した。そして本格的なシャンソンの聞ける店として最後に連れてゆかれたのが、「パスドックの家」であった。

店の中にはいると、目の澄んだ小柄な女性がしっとりとしたふんい気で歌っていた。その女性歌手がミック・ミシェル。

作詩作曲もする知的な歌手で、「ニ・トワ　ニ・ムワ（お前でも私でもない）」、「レ・ギャマン・ド・パリ（パリのいたずらっ子）」というシャンソンは、パリの人々に愛された彼女のヒット曲である。

この人はどう間違ったのか、後に「カジノ・ド・パリ」のレビュスターになったが、小柄で地味な人なので人気が出なかった。歌で勝負すべき人だったのに惜しいことをしたとしみじみ思う。

ミック・ミシェルのあとで店の主人のパスドックが舞台に立った。頭ははげ上がり、でっぷりとした身体つきで、歌手というより裕福な商人のようにみえた。彼はしぶい声でしみじみと語りかけるように歌い出した。

私はぼうぜんとし、それから夢中で拍手した。こんなにも人の心に深くしみこんでくる歌、これがシャンソンなのだ、と思った。

「バルバリ　バルバラ」。かつてモーリス・シュバリエが歌っていた手廻しオルガンの歌だった。

私は一曲でも多く聞きたいという願いをこめて熱烈に拍手しつづけた。

歌が終わったとき、このままではとても日本には帰れないと思った。持っているお金も残り少なくなっており、パリ滞在もあと十日か二週間が限度だったが、その間に一度でもよいから正式なシャンソンのレッスンを受けたいと思って、ボブに頼んでみた。

「お店の人にレッスンを頼んでみてくれない？」

彼が気軽に店の人に話しかけると、主人のパスドックもこれまた気軽に「じゃあ、明日の午後いらっしゃい」と応じてくれた。

翌日、親切だったボブはスイスへ発ってしまったので、私は一人で、日本にいたころすり切れんばかりにレコードを聞きながらの独学でおぼえたシャンソンの譜面をかかえて、「パスドックの家」の扉を押した。

店はお客様でいっぱいだった。

「なあーんだ、レッスンなんて嘘だったのか」とがっかりしていると、マネージャーの若い男性がやって来て、「楽屋に入りなさい」という。それからなんと客の前で歌いなさい、という。

私は「お客様が帰ってから、あとでゆっくりレッスンしてください」といいたかったが、フランス語が不自由でいいそびれてしまい、仕方なく舞台に立った。

かつてリュシエンヌ・ボワイエが歌っていた「愛していると言って」とジョセフィン・ベーカーの持ち歌「ふたりの恋人」をたてつづけに歌った。

とつぜん舞台の上に日本の女が現われて、たどたどしくもフランス語でシャンソンを歌ったのだから客はおどろいたにちがいない。しかし歌い終ると盛大な拍手が返ってきた。

楽屋に戻ってくると、マネージャーが立派な押し出しの紳士を連れてかけこんで来た。紳士は英語で「全くおどろきました、二十数年も前に私が書いた歌をあなたが歌ったのだから……。いったいどこでおぼえたのですか？　もうフランスの人は皆忘れてしまった歌なんですがねえ」と私に話しかけてきた。

その紳士が、「愛していると言って」の作曲家ミッシェル・エメだった。

「なぜパリへ来たの」ときかれたので、「シャンソンを勉強したいから」と答えると、ミッシェル・エメは、「歌は習うより毎日歌っていればいいのですよ。この店で歌ったらいいじゃないですか」とあっさりいった。

私はびっくりした。そんなことってあるのだろうか、はじめて来たパリで、着いた翌々日に仕事がもらえる、本場のパリでデビュする、そんな夢みたいなことって本当にあるのだろうか。私は半信半疑でマネージャーの顔をうかがった。

しかしマネージャーは当然といった顔つきで、「一月からどうですか。大した週給は払えないけれど、暮らせるくらいは出しますよ」といった。

アメリカでは、何とかチャンスはないものかと目をキョロキョロさせていた。しかし何もおこらなかった。ところが、ただレッスンをうけたいがためにやって来たこの店で歌えるようになるなんてなんという幸運か、と感激に胸がおどった。

一九五二年の一月、私はパリ「パスドックの家」でシャンソン歌手としてデビュした。一月にはミック・ミシェルは「パスドックの家」をやめてしまっており、新人でめきめき売り出し中のマルセル・アモンが出演していた。ほっそりとした青年マルセル・アモンは、パントマイム入りで軽妙な歌を歌い、お客様を魅了していた。もう一人いた歌手はミシュリーヌ・ダックスという美しい女性で、ミッシェル・エメの恋人であった。

「パスドックの家」は非常に客種がよくて、「ラ・セーヌ」の作曲家ギー・ラファンジュや「パリのお嬢さん」「ボレロ」の作曲家ポール・デュランも常連だった。コラ・ボケールも御主人のミシェル・ボケールとつれ立ってよく遊びに来たし、女優のアヌーク・エメもコンセルヴァトワール（フランス国立音楽演劇学校）をすばらしい成績で卒業した夜、恋人とつれ立って遊びに来て、同じ方角だからといって、私をアパートまで送ってくれたりした。

「パスドックの家」で歌っている間に、私はずいぶん沢山の人にあった。私のためになる人々や懐かしい人にも会った。

懐かしい人といえば、「シャンソン・ド・パリ」の中で「こわい病気よりまし」というリズミックな歌を歌っていたリイヌ・クルヴェと会ったのも、「パスドックの家」で、である。

かつて毎日聞きつづけたレコードの歌手と、三週間もいっしょに働けることは感激だった。

「こわい病気よりましよ」とメロディを口ずさんだら、リイヌは「昔の歌、よくおぼえているのね」と目を丸くした。「だって、日本では毎日聞いていたのよ」というと、すっかりごきげんになって、店のだれかれとなくふれてまわった。すでに盛りを過ぎた彼女にとって、遠い国、日本のファンが突然現われたのが、ことのほかうれしいようすだった。

マルセル・アモンと私は、他の人が二、三週間で店をやめていっても、いつも残った。

彼は、親切なよい人だった。せっかく人気が出たのに肺病になって休んだことがあったが、一年ぶりにカムバックしたときはまだ青い顔をしていた。

私が、「大丈夫?」ときくと、「まだあまりよくないけれど、仕事をしないとおくれをとってしまうからね」とちょっと淋しそうに笑った。「僕はね、とても貧しく育ったから貧乏がおそろしいのさ」といった言葉も忘れられない。

だからその後、大成功して「オランピア劇場」に出たときは自分のことのように嬉しかった。

彼はいろいろな外国のストーリーをとりいれたシャンソンをよく歌ったが、日本的メロディーのときはきまって「ヨシコ、ヨシコ」と私の名をいれて歌ったりした。

のちに私が帰国して音楽事務所を開いていたとき、日本ではあまり知られていないから商売的には危険だと思いつつも彼の公演をひきうけたのは、若くて貧しかったころ一緒に働いた懐かしさもてつだってのことである。

ある夜、マネージャーが「ヨシコはこれからもパリで働いていたいの」ときいた。

「それならマネージャーをつけないとむずかしいよ、さがしてあげようか」

彼のおかげでマルセル・オベールというマネージャーが私につくことになった。オベールはそれはそれは小うるさいおやじだったが、彼のおかげで歌の先生にもつけたし、さまざまなマナーも教えて貰えた。

「パスドックの家」をやめたあと、もっとお金の入る「シェヘラザード」へ移った。

「シェヘラザード」。レマルクの小説『凱旋門』の中に出てくる店で、イングリット・バーグマン演ずるところの女性歌手が出演していたロシア系のナイトクラブである。名画のロケも行なわれた店で歌えると思うと、それもまた夢の世界のことのようにうれしかった。

そのあとは、ベルギーをかわ切りにスペイン、イタリア、ドイツへ歌いにゆかされた。当時スペインには、日本人といえば大使夫妻と大使館員の三人しかいなかったのでたいへんに珍しがられて、通りを歩くと何人も町の人が私のあとについてくるし、キャフエでお茶を飲んでいようものならそれこそ黒山の人だかりになるほどで、恐ろしくて外に出られなかった。

マネージャーもつかず、付人もいない、コントラクト（契約書）一本を頼りの一人旅だった。

イタリアでは思いがけず昔から知っていた女友だちに出会った。のちに、六本木に「キィアンティー」というイタリア料理店を出して〝六本木の夜の女王〟といわれたK子である。

彼女は父親の遺産が入ったので、留学生としてローマへ来て彫刻の勉強をしてたのだ。ホテル住いは高くつくから彼女のアパートへ移るようにとすすめられて、三週間K子と一緒に暮らした。

そのK子のアパートには毎週毎週、彫刻家のエミリオ・グレコが花束をかかえて現われた。グレコは、K子に恋していたのだ。

私は毎晩、古い僧院をナイトクラブに直した一風変わったすてきな店で歌っていたが、昼間何もしないならモデルになってほしいとたのまれて、三日間グレコのアトリエへ通った。グレコは胸像を作りながら、私が疲れるのを気づかってきれいな声でコルシカの民謡を歌ってくれたりした。彼はコルシカの石屋の息子で、それこそボストンバッグ一つかかえてローマに出て来た成功者だった。

ドイツではデュッセルドルフ一の大劇場「アポロシアター」で歌うことになっていたので、心配したマネージャーのオベールは、私に先生をつけてドイツのポピュラーソングを習わせた。

先生はファニアというユダヤ系のフランス女性で、戦争中ナチの捕虜になっていたからドイツ語ができるのだと語った。ドイツリート出身の私は覚えが早かったのですぐにファニアのお気に入りの生徒となり、その後もよくつき合った。

ファニアの手首にはナチの収容所の捕虜ナンバーのいれずみが残っていた。

「ナチの将校たちが飲んでいたときひっぱり出されてね、歌え、といわれたけど歌わなかったの。その夜、いてつくような戸外に放り出されて無理やり一晩中歌わせられたわ。歌わないと銃でなぐるの。それで声をつぶしてしまった」

「アポロシアター」での公演は成功だった。幕がしめられないほどの拍手をあびた。そしてトントン拍子にデュッセルドルフ一のレビュを出すナイトクラブとの契約もまとまった。

「アポロシアター」公演は、幕があくと舞台正面に東洋風の大きな扉があって、その扉をすてきなスタイルの双生児タレント、ケスラーシスターズが両がわに引き開けると、その中央に私が立っていて「サクラサクラ」と歌いながら出てゆくという趣向の舞台だった。

パリでは長いこと歌っていた。しかし、私が一番うけたのはドイツでだったと思う。それはかつてドイツ歌曲を習ったせいでもあっただろうが、なんといっても仕上げをしてくれた先生のファニアのおかげであった。

ごく最近、「ファニア・フェネロン収容所の記録」というTVドラマが放映された。暗くおそろしいナチ収容所の女囚たちのおぞましい生活がえがき出されていて、胸苦しい思いで見たが、その主人公、ファニア・フェネロンがかつての私の先生である。ファニアを演じた女優は背が高く冷たい感じの北欧的な顔をした人だったが、実物のファニアは小柄でふっくらしていて、顔付も甘く優しかった。

ドイツ公演のあとパリの「リド」へさそわれて行ったら、ケスラーシスターズが大活躍で踊っていた。私のドイツ公演のときにはおずおず扉をあけていた二人は、もうすっかり自信をつけ、目をみはるようなスターに変貌していた。

後年マルセル・アモンを私の事務所で日本公演に招いたとき、自費で恋人をつれてゆくといってきた。自費でつれてくる人を断わるわけにもいかないが、遊び半分でこられるのはやり切れないなと思っていたら、羽田についたアモンの連れを見てぎょうてんした。アモンの恋人とはなんとケスラーシスターズの一人、アリスだったのである。

人生って面白いものだ。

思いがけぬところで思いもかけぬ人と出会い、思い出を作ってゆく。

永遠の歌手――ダミア

　私がはじめてパリを訪れたのは、今から二十年も前で、暮れも押しせまった十二月半ばであった。

　ニューヨークから船に乗り、ル・アーブル港から汽車で北停車場に着いたときは、雨がしとしと降って、寒く、街は灰色で、おまけにふところもさびしくて、不安な気持だった。

　パリに行って、本場のシャンソンをじかに聞きたいというだけが、私の念願だったが、好運にも、着いて数日めにダミアの歌を聞くことができた。

「ブッフ・デュ・ノルド」という劇場に出演していると聞き、ひとり歩きもままならぬ私は、たまたまお会いした画家の佐野繁次郎氏に同行していただいた。

　メトロの駅を出ると、住宅地なのか静かな街並で、その一隅にぼおっと照らされた劇場のあかりが見えた。

「休演かしら」と近づいてみると、もぎりのおじさんがいて、すぐ切符は買えた。場内は広く三階建てで、座席も千五百はあるだろうに、前のほうに、ぱらぱらと数えるほどの人が座っているだけだ。つまらぬどたばた劇が一時間近くあって、もう帰りたくなってしまったころ、ダミアの出演であった。

「ダミアも、もう人気がないんだね」と佐野先生がしみじみといわれた。シャンソンの女王といわれた人なのに、あんなにすばらしい歌を歌う人なのに、と悲しかった。

幕があき、音楽が鳴って、舞台がぱっと明るくなった。

ダミアだった。

黒いビロードの袖なしイブニングに、真紅のショールをまとった、その華やかさ。私はどきっとした。なんとなく、彼女は暗いふんいきの中で、暗い苦しい歌をしみじみ歌うのだろうと思い込んでいたから……。頰の紅も赤く、唇も爪も赤く塗っていた。大きな身ぶりで、低い、ちょっとしわがれた激しい声で、彼女はぐんぐんと聴衆の心の中にはいってきた。新しい歌は、私には意味もわからなかった。それなのに感動して、胸苦しくなって、「もっともっと歌ってください、聞かせてください」と願いつつ、手をたたきつづけた。

私の知っていた「巻き毛の男」では、楽しそうに踊りながら歌った。声も昔とちっとも変わっていなかった。

最後に「かもめ」を歌った。

暗い空の下でかもめは
絶望した苦しい鳴き声を出す
ほえる波にさまようかもめを
殺してはいけない
あれは墓の上を飛びながら
泣いている水夫の魂なのだから……

水夫の死を歌った「かもめ」。日本にいたとき、レコードがすり切れるほど聞いた歌。そしてそのとき初めて、彼女の歌うのを見た。かもめのごとく、両手をいっぱいに広げ、もだえ、訴える彼女の姿は、その歌を全身全霊で表わしていた。

涙がこみ上げる感激であった。生涯忘れることのできない一夜であった。

翌晩から千秋楽の夜まで、私は毎晩毎晩、うらさびれた「ブッフ・デュ・ノルド」の客になった。もぎりのおじさんも顔をおぼえて、一番安い切符でも前の席へ案内してくれた。

そして千秋楽の夜、彼は私をダミアの楽屋に連れて行き、「この人は、毎晩毎晩来ている日本人だよ」というようなことをいった。

彼女は、かすれた大きな声で笑いながら手を差し出した。その、ちょっと骨ばった手を握りながら、私は「マダム」とただひと言いった。

フランス語ができないうえに、胸がいっぱいで、何もいえなかったのだった。

私はその後思いがけず、パリでシャンソン歌手としてデビュし、「パスドックの家」という小さいクラブで歌っていた。

ある夜パスドックの店へ行くと、マネージャーが、「ダミアがあなたに会いたいといってきたから、電話してください」と紙きれを渡した。その夜はうれしくてねむれなかった。

トロカデロにある彼女のアパートの天井は高く、間どりも広く、調度も立派だった。

ダミアは縫いとりのある中国風の上着に、絹のスラックス姿で、あいそよく出迎えてくれた。日本へ公演に行くことがきまり、プログラムを作っているとき、日本女性が「パスドックの家」に出ていると聞いて、私が「ブッフ・デュ・ノルド」に通いつめた女とは知らずに、呼び出したわけであった。

私は「人の気も知らないで」「暗い日曜日」などは、日本人によく知られているというと、「へー、もうフランス人は忘れてしまって、私さえ忘れた歌なのにね」と笑った。

そんなことから、私とダミアの親交が始まった。

ダミアの歌には、明るい楽しい歌は少なくて、失恋の歌も、哀しいというより絶望につながる。反戦の歌も平和を呼びもどす叫びとなる、魂を歌う劇的な歌手である。

彼女も、暗い、苦しい過去を持つ女といわれるが、少女時代から放浪癖があり、十五歳で家出し、いろいろな職業についてはクビになり、あるときは自殺さえ考えたという。

歌手になろうとオーディションを受け、「おまえは男声と合唱したらよい」といわれた話は有名だが、ハスキーボイスがはやるこのごろではなかったのだから、女らしくないしわがれた太い声で成功するまでには、ずいぶん歳月がかかったようだ。

彼女は庶民のための歌手であった。

労働者は一日の疲れをいやすために、貧しい人はそのつらさを忘れるために、悲しみをいだいている人はそれをなぐさめるために、彼女の歌を聞きに行く。そんな歌手である。

この人もまた、私と会ったころは、全盛期から遠のいていた。

「風邪をひいて寝ているの。会いに来てよ」という電話で出かけていったら、広い寝室の立派なベッドに、疲れた顔をして寝ていた。咳をしながらもタバコをのみ、帰ろうとするとひきとめた。

「あの人同性愛よ。要注意よ」という人もいたし、「ダミアは麻薬中毒よ」という人もいた。

盛りを過ぎた人にあびせられる悪口を、私はにがい思いで聞いた。

その日彼女は、低い声でめんめんと、最近の世の中のおもしろくないことをいい続けていた。ダミアの悲しい歌声が、たえまなく流れてくるようで、やりきれない気持ちだった。

あのころが、彼女には一番つらいときではなかったかと思う。仕事はめったになく、さりとて歌は捨てきれず、もんもんとしていた。

しばらくして、彼女は引退公演を行なった。今はなき友人のフジタ嗣治画伯、「小さいひなげしの花のように」でディスク大賞を受けたムルジ、それに私も出演した。

その後大きなトロカデロのアパートを売り払って、モンマルトルのかわいいアトリエに移り住んだ。

「モンマルトルへ帰ってきたわ」

彼女は明るい表情をしていた。なにかふっ切れたように元気になった。

二人でモンマルトルの丘を散歩した。

「マリーズ！」と彼女の名前を呼ぶ人がいると、彼女はうれしそうに太い声で、からからと笑った。

「ここがユトリロのアトリエ」

「そしてあれがローマ人が作ったブドウ畑」

と彼女が指さしたそこは、なだらかな小さい丘一面ブドウ畑になっていた。

そのブドウ畑の下に「フレデの家」、今は「ラパンアゲル（跳び兎）」とよばれる有名な歌声酒場があった。

私はダミアが昔風に「フレデの家」と呼ぶのをすぐ理解した。何故なら、コラ・ボケールが歌っている「フレデ」というシャンソンを知っていたから。

ジグザグの坂を登ってゆくと　暗がりの中に　フレデの家がある
そこには　いろいろな人が集まる　フレデはギターと歌がうまかったから
お酒を飲んで　遅く迄おしゃべりに時を過ごしたものだ
今はフレデ　お前のあごひげも白くなった
若い頃の夢は　フレデ　お前の名前につながっている
私の二十歳は　どこへ行ってしまったのかしら

ダミアの家へゆくと、フランソワーズという女友だちにときどき会った。

「あの人知ってる？　女優だったのよ」

年をとってもチャーミングで、かつては男の心を魅惑したに違いないと思われる甘い雰囲気の女性だった。

「モンマルトルに住んでいてね、皆のあこがれのまとだった女《ひと》よ。ハリウッドで映画にも出たの。でも男でいつも失敗して人気がなくなって、モンマルトルに帰って来たの……アハハハ」

最後に、あわれむかのように、同情するかのように、かわいた声で笑った。

「今はね、ずっと昔彼女にあこがれていた肉屋の小僧が肉屋の主人になって、毎週彼女の家に肉をとどけてる」

フィリップスの『ビュビュ・ド・モンパルナス』でも読んでいるような気分になった。

ダミアのアトリエのすぐそばに、リュシエンヌ・ボワイエがクラブを開いた。

「いっしょに行ってみましょう」と誘われて、私はいそいそとついて行った。

かつてはほっそりと小柄だったボワイエは、太って、すっかり年をとってしまった。美しいかわいらしい顔つきだっただけに、老いが目立った。

クラブはモンマルトルの丘の中腹にあり、赤いビロードをはりめぐらした、なかなか立派な造りだった。

私たち三人は、隅の席に座って、シャンペンをあけた。

「娘もここで歌っているの。もうじき来るわ」とリュシエンヌはちょっと得意そうにいった。彼女とジャック・ピルスの間に生まれたジャクリーヌ・ボワイエは、そのころ新進歌手として注目されていた。

ジャック・ピルス、この人の歌もまた「シャンソン・ド・パリ」の二集にはいっていた。それがちょっと意外なことに、シモーヌ・シモンとのデュエットであった。

シモーヌ・シモンといえば、私くらいの年代にはなつかしい映画女優で、「乙女の湖」「緑の園」に胸を躍らせた方は多いと思う。

ジャック・ピルスはその後リュシエンヌ・ボワイエと別れ、エディット・ピアフの夫になった。リズミックなよい歌を歌ったが、大スターとまではゆかぬ歌手で、むしろ、大スターの若き燕ならぬ、若きジゴロとして世に出た、世渡りのうまい男であった。

「パスドックの家」に出演していたころ、彼はピアフと結婚していた。結婚生活はうまくゆかないらしく、そのころのピアフはひどく荒れた歌を歌っていた。酔っぱらって、舞台をとちった、などという話がよく聞こえてきた。

ピルスはときどき「パスドックの家」に現われ、いつもひとりでバーのカウンターに寄りかかって、お酒を飲んでいた。

「遊びに来ない？」と誘われたこともあったが、ピアフの留守に訪れる気も起こらなかった。

リュシエンヌのクラブは、まだ客足もつかず、がらんとしていた。

「私が歌うわね」

彼女は赤と金のたれ幕が下がっている、小さな舞台で歌いはじめた。

聞かせてよ　愛の言葉を

ささやいて　その言葉を

何度きいても　あきない言葉

ジュテーム

私は身の置き場もないような気分になった。

かつて甘かった声はつやもなく、苦しげで、同じ人とは思えなかった。

ダミアは、年はとっても彫りの深い顔は美しかったし、声も衰えなかったから、たとえ人気がなくなっても、私は気の毒な歌手として彼女を見たことはなかった。しかしリュシエンヌ・ボワイエは完全に私の心を打ちのめした。

リュシエンヌは舞台を降りると、「私近いうちに日本に行くかもしれないの。今、話があるの」といった。

「来てはいけない」「来ないでほしい」と私は心の中で思ったけれど、口には出せなかった。

考えてみれば、私がはじめてレコードを聞いたときから、すでに二十数年の月日が流れているのだった。

あの日その甘い優しい歌に心を奪われ、そして私もシャンソン歌手になった。その人と会えただけでしあわせと思わなくてはいけないのだ。その間の月日を忘れ、二十数年前の人ではないとがっかりする私のほうが悪いのだと、心にいいきかせた。


私はパリに行ったときは、ダミアの家を訪れた。彼女は必ず昔のレコードを聞かせた。そして大きい身ぶりで、レコードに合わせて歌い出した。

私は彼女の目の前に座って、じっと聞いていた。

暗い日曜日
私はもう死んでいるでしょう
けれども　私の目は
あなたに向かって開いているでしょう

こわがらなくてもよいわ
その目はあなたを見ることができなくても
告げるでしょう
生命よりもあなたを愛していたと……

涙を浮かべて、彼女は何曲も何曲も歌って聞かせた。

「ここはこうして歌うの」

「ここは手をのばして、私はしあわせをつかもうとするの」

彼女には歌しかない。歌の世界しかないのだ。偉大なる歌手、ダミア。

「ダミアの前にも、そして後にも歌手はいない」といった人の言葉を思い出す。

歌う狂人――シャルル・トルネ

「シャンソン・ド・パリ」の二集には、シャルル・トルネの歌う「ブン」がはいっていた。この曲でディスク大賞をとった彼は、そのころ二十六歳。まだ若手の有望株だったわけである。

ジルベール・ベコー、シャルル・アズナブール、エンリコ・マシアス、アダモなど、最近の有名歌手たちは皆作詞作曲をし、自分の作った歌を歌っているが、シャルル・トルネはそのはしりである。

「ラ・メール」をはじめ、「カナダ旅行」「街角」「詩人の魂」と国際的に歌われた曲を作り、また歌手としても苦労することもなく、成功の道を歩み続けた。

もちろん彼のたぐいまれなる才能がシャルル・トルネを世界の歌手にしたのだが、苦労したことがなかったせいか、それとも生来の気ままか、人間としては世間には通らない人物となってしまった。

ジャン・コクトーが彼を評して、〝フ・シャンタン（歌う狂人）〟と評したということは広く知られている。

昨春二度めの来日をしたとき、空港で行なわれた記者会見で、「なぜあなたは歌う狂人と呼ばれるのか」という質問があった。

彼はおどけたそぶりで、

「まさか。誰も私を〝フ・シャンタン〟とはいわない。これは〝フェ・シャンタン（炎の歌手）〟のまちがいでしょう」と答えた。皆笑い出して、和気あいあいたる記者会見であった。

彼はエスプリに富んだ冗談で人々を快く笑わせた。

同じ車に乗ってホテルまで案内したが、「日本にまた来られてうれしい」といい、「日本で誕生日を迎えられるのも、記念すべきことだ」と上きげんであった。ちょうど来日した翌日が彼の誕生日でその日は仕事もなかった。

外人タレントの場合は、到着の翌日記者会見、レセプションを行なうのがならわしだが、彼は気むずかしい人で、第一回めに来たときは、記者会見には遅れ、レセプションはすっぽかしたと聞いていたので、私は空港で記者会見をすませ、レセプションもとりやめにしていた。

誕生日の夕食にはフランス大使館から招待されていたが「国民からとり上げた税金を、

つまらないことに使うな、といって断わってほしい」とのたまったので、翌日はあいていた。ほっておこうかとも思ったが、打ち合わせのあと夕食にさそったら、またごきげんでついてきた。

焼き鳥屋で食事をし、まだ早かったので「ブン」という店へ案内した。シャルル・トルネの大ファンで、シャンソン歌手の古賀力さんが開いているスナックバーである。

小さい店だが、「ブン」という名なら彼も満足だろうと思ったからであった。

シャンソンが聞けて、安く飲み食いできる店なので、若いシャンソンファンが集まる。

私たちは一番奥の席に座った。トルネの司会をする歌手の山崎肇さんも来ていて、隣に座った。

古賀さんはいささかコーフンぎみで、あっちへ行ったり、こっちへ来たり、そわそわしていたが、ピアニストにトルネの曲を弾かせはじめた。

「クロシュ・ソネ（鐘よなれ）」を弾いたとき、その歌は私のレパートリーの一つなので、小さい声で歌った。

クロシュ・ソネ　よろこびにあふれて
クロシュ・ソネ　鳴りわたれ
鐘の音は　目ざめとやすらぎ

幸いのしるし
はてしなき大空と大地に
とこしえの祈り込め
高らかに　鐘よ鳴りひびけ
愛をたたえて

美しい歌である。山崎さんも声を合わせた。

トルネはちょっと間をおいてから、

「あ、これはボクの曲だ。すっかり忘れていた」と驚き、上きげんであった。

古賀さんが彼の来日版のレコードをかけると、彼は立ち上がってレコードに合わせて口を動かし、得意の目をきょろきょろさせながら、身ぶり手ぶりよろしく、新曲「カルソーのタランテラ」を歌った。相客たちは思いがけないシャルル・トルネ特別出演に大喜びであった。

私は驚いた。あの気むずかし屋の、とりつきようもない男の、あまりの豹変ぶりに、この人は人がいうほど悪い人ではないのかもしれない、この分なら仲よく仕事ができるかもしれないと、わずかながら希望を持ったのだ。山崎さんは、

「石井さんが心配していたトルネと、まるきり違うじゃありませんか」とむしろ非難が

ましくいったほどだった。

しかし私は心底から楽観したわけではなかった。ちょっとほっとした気持ちにはなったものの、彼に対する警戒心を解くことはできなかった。

十年前に一度、トルネは来日している。私はそのときいっしょの舞台に出たり、「私のかわいいお人形さん」という作曲ももらった。しかしほんの浅いつき合いだったので、トルネのことは知らないにひとしかった。

昨年の秋、トルネのマネージャーHが来日して、トルネの日本公演を企画してほしいと頼まれた。トルネのファンは多いことだし、ギャラも思ったほど高くないので、私は引き受けることに決めた。

年があけてコントラクトをかわしたが、新しい写真や来日用のレパートリーをなかなか送ってこない。

五月十日が初日で、地方公演のスケジュールも決まっているというのに、何度手紙を書いても返事がない。

三月にはいってから、やっとHが手紙をよこしたが「トルネは値上げを要求していて、値上げをしないかぎり来日しない、といっている。私は彼とケンカをして、彼のマネージャーをやめたので、今後は彼と直接話し合いをしてほしい」という内容であった。

一月早々にコントラクトをかわしたのにと怒っても、サインした相手がHで、その人がやめたなら無効である。もちろん裁判をすればまた違った結果は出るだろうが、そんなことでぐずぐずしているより、なんとか来日を実現させるのが先決問題である。

私はトルネに手紙を出した。

彼は折りかえし「Hが勝手に私の値を下げたのは許しがたい。私のギャラはHが決めたより、週給千五百ドル高いのだ」と書いてきた。

ゆううつの限りであったが、東京公演の切符はすでに売り出していたし、地方公演も決まっていたし、関係者に迷惑をかけては申しわけないので、やむなく私はその条件をのんだ。

新しく作ったコントラクトを送り、着いたころをみはからって長距離電話をかけると、「今、からだの調子が悪くてね。行けるか、行けないか。なんにしても、四月の初めからパリの劇場で歌うので、そのときの様子を見てから」という返事である。

「どうなるのだろう」

「どうしよう」

困った、困った、といってみたところで、どうしようもない。

関係者たちは、「早く曲目を出してください。プログラムが作れないじゃありませんか」「新しい写真はいったいいつ届くのです」と執拗な催促である。

「おかげさまで私のほうは切符がよく出ています」という地方公演の関係者の言葉も、いつもならうれしいのに、むしろつらくて、相槌をうちながらも針のむしろに座らされている心持ちであった。

そのうちに「ほんとうに来るんですか」「まさかキャンセルじゃないでしょうね」という人も出てきた。トルネがだめなら至急代行者もさがさねばならない。そのためにも、私はパリへ行くよりほかはなくなった。

パリに発つ前に、初めて来日したとき司会をされた蘆原英了氏に電話をしてみた。

「ボクならキャンセルします。苦労しますよ。気まぐれというか、意地悪というか、なにしろ人を困らすのが得意なんです。そのうえお金にはきたないし、ふらっといなくなるし、やめられるならやめたほうがよいですね」といわれた。

フランスの友人たちも「へー、よくもあんな人と契約したわね」と口をそろえていう。「キャンセルの大家だって知らなかったんですか?」ともいわれた。

「彼は南仏にお城を持っている。(私も写真で見たが蔦にからまれた中世のすばらしいお城だった)パリの郊外にもパリにも豪華な家を持っていて、その一つ一つに車が置いてあり、使用人もおいてぜいたくな暮らしをしているのに、たったひとりのお母さんは養老院に入れてふりむきもしないのだ」といわれたときは、心が寒くなった。

なんという人を私は日本に招くことにしたのだろう、と悔んでもすでに遅かった。何も知らぬシャンソンファンは、彼の来日を待っているのだし、私は彼の来日を約束したのだから、呼ばねばならなかった。

公演一か月前の四月十日、私はパリに着いた。

彼はテアトル・ド・ヴィルという劇場で歌っていたので、すぐさま楽屋をたずねた。なんというバカなことだろう。週千五百ドルも値上げをされれば純益はない、というより悪くすれば赤字公演である。

それなのにキャンセルができないばかりに、泥棒に追い銭のごとく、旅費を使ってパリに現われ、悪評ふんぷんたる男を不安な気持ちで訪れている。その自分の姿がなさけなかった。

赤ら顔の彼は、十年前よりだいぶ年とって見えたが、にこやかに私を招じ入れ「おぼえていますか。お人形さん、お人形さん、おやすみなさい」と歌ってみせた。

私を見たとたんにそのふしを思い出したわけではないだろう。数日前出した手紙に「かつてかわいいお人形さんを書いてもらった石井である」と書いたから、ちょっと気にとめたのだろうが、それにしても歌を思い出してきた様子からみて、来る気はあるのだと察しられ、私はほっとした。

「憎むべきはHですよ、明日またここで会いましょう。新しいコントラクトにサインして持ってきますよ」と実に簡単にいわれ、意気込んで来ただけに、拍子抜けのした思いであった。

「では私は歌いに行きます。今夜聞きますか、明日？」とにこにこ顔の彼と楽屋を出ると、ふたりの女性がとりすがらんばかりに寄ってきた。

「どうしても駄目なのですか。私たちはもう切符も売ってしまったのです」

「なんとかしてください。助けると思って」

彼は冷たくふたりを見おろした。

「あなたはHと契約したけれど、歌うのは私ですよ。さよなら」

「どうしても」

「今、私は忙しい。日本からお客さまが来ていてね」

というと泣き出さんばかりのふたりを残して、さっさと舞台へ歩み去って行った。

「では明日」

私にはにっこり笑いかけたが、何度も整形手術をしてしわのばしをしたといわれる彼の顔の皮はつっぱって、笑ってもあまり表情が変わらず、ふたりの女性の姿は昨日までの私の姿でもあったことを思うと、私の顔までこわばってしまった。

翌日私は再び、彼の楽屋へ行った。

彼は前日と変わらぬ上きげんで出迎えた。

「さあ書きますよ」とペンをとるのに、私は一つ心配があったので、「よく読んでいますね。マティネが一回はいりますよ」といった。

来日してから、マティネはいやだとごてられてはたまらないからであった。

「え？　マティネ？」

彼は紙に鼻がくっつかんばかりにして、しばらく読み直していた。そして哀願するような目つきをすると「私は年をとっている。からだの調子も悪いんです。医者にかからなくちゃならない。マティネで歌うなら五百ドル値上げしてください」といったのであった。私はしばらく言葉も出なかった。

一世をふうびしたシャンソン界の第一人者シャルル・トルネではないか。その彼がまるで物乞いのごとく、五百ドルくれればとは、なんということだろうと、あぜんとしてしまったのだった。

「それについては話しあったうえで」というと、

「私は話すのは大きらいだ。私は歌う人間だ」

ヒステリックにいいはなつと、知らん顔で鏡に向かってしまった。

私も黙って立っていた。しばらくすると、彼は契約書に「もしマティネがある場合は五百ドル追加」と勝手に書き入れ、「さ、サインしてください」と、今度はそれを私に差し出した。

私は煮えたぎる気持ちを押えサインした。そしてマティネは行なわなかった。なにはともあれ契約書を手にしたのだから、目的は達したのである。けれども私は苦い水を飲まされたような気分だった。

彼は劇場の人に私を客席へ案内するようにいいつけた。幕のあくのを待っている間も、いやだいやだこんな人を呼びたくない、と心の中で叫び続けた。

それなのに彼が一たび歌い出したら、私はそんなことは忘れてしまった。

リズムに乗って歌う彼は、まるで音楽の中から生まれ出てきた人のようだった。聞く人々は思わずその中に引きずり込まれてしまう、歌の魔術師であった。

柔らかい耳当たりのよい声、それだけではない、力強い人の心にせまってゆく声も持っている。そして人間の愛を、夢を、詩を美しく表現し歌い上げてゆく、すべての歌がすばらしいのだ。下賤ないやらしさなど一かけらもない、格調高い歌なのである。

その人となりと歌と、こうまで違うことがあり得るのだろうかと、私の心はとまどった。

来日の二日あと、彼はＮＥＴのアフタヌーンショーに出演したが、通訳として私も出た。

彼は三曲歌ったが、番組のあとに続く料理コーナーに「いっしょに座って味わってくれませんか」と局の人がいうので、歌い終わった彼とふたりでテーブルに着いた。

田村魚菜氏がはんぺんのお料理を作った。私ははんぺんは好物だし、おいしくいただいたが、司会の桂小金治さんが「トルネさんにいかがですかって聞いてください」というので顔を見ると、なにかむっとしている。

「私は魚は大きらいです」というので困ったが、一口食べて見せたりもするので、まああそういやでもないのだろうくらいに思っていた。

テレビが終わって廊下へ出たら、「気持ちが悪い。はきそうだ」とハンカチで口を押えている。到着以来気分よくつきあっていたので、私も気楽に、

「じゃ食べなきゃよかったのにね」というと、「カメラをつきつけられて、ぺっとはき出すわけにゆかないじゃないか。私は歌を歌いに来たので、魚を食べに来たわけじゃない」と冷たいお答えだ。そして「あなたはプワソン（魚）じゃなくてプワゾン（毒薬）を私に食べさせた」とどうも本気で怒っている様子だ。

玄関まで歩いて来たら、「私はどう考えても日本になじめない。空気が苦しい。食べ物ものどを通らない。このままでは死んでしまう。私はパリに帰る」といったときには、ただあっけにとられた。

さあー始まったぞ、と思う反面、あまりにもバカげた理由から不意をつかれ、私は答える言葉もなかったのである。

待っていた車が目の前に着いているのに、彼はスタスタ表通りのほうへ歩いて行ってしまった。

「何いっているんだ」という気持ちと、「さて、困った」という気持ちで、憮然として立っていたら、同行のピアニスト、リエナールが近づいて来て、

「気にすることはありませんよ。得意の手なんだから。でもあなたはおとなしくしていたらダメですよ。あの人はサディスティックな男で、弱い者いじめが大好きなのですから」と慰めてくれた。

リエナールと、しばらく立っていたら、やがてぶらぶらと帰ってきた。

ホテルまで送って行く間彼は、「私はひとりぼっちだ。友だちもいない。知らない国で夜中に死んでいたって、誰にもわからない」などとぐずぐずいっていたが、ホテルに着いたら降りないという。どうするのかと聞くと、エアフランスのオフィスへ行くというので、またぞっとしてしまう。

リエナールの言葉を守って、冷たく、「ではエアフランスのオフィスへ行きましょう」と車を回した。彼の降りるとき、とうとうがまんがならなくなって、

「あなたは契約書にサインをして来日したタレントなのですよ。あなたの歌をきくために切符を買った人たちのことをどう考えるのですか。ファンの期待を裏切って帰るのなら、帰ってかまいません。そのかわり今、契約不履行のお金を払っていただきましょ

う」といってやった。

彼はだまって車から降りた。私は窓をあけて、「いつのリザーブをとるのですか」ときつく聞いた。

「すべての音楽会をすませてから」という、なさけない声が返ってきた。

それから彼は私を憎んだ。私はできるだけ離れたサイドでマネージをすることに決めた。さいわい、地方公演が始まり、彼と会う必要も少なくなった。

コントラクトでは一週間の仕事が終わる、その前日に一週分のギャラを払うということになっていた。

旅行先でその日がきた。旅行に発つ前に、旅行中の支払いはのばして、帰京したときにといってあったが、そうすれば支払い日が二日遅れるわけであった。

支払い日の夜彼は、「そんなことは聞いていない。歌わない」とごて出した。場所は秋田であった。

電話をすると、「今夜はがまんしてやる。しかし明日の午前中に支払わねば歌わない」とがんばる。翌日はなんと札幌なのであった。

札幌に行く人を一日がかりでさがし続け、お金を託した。

地方公演から帰ってきた事務所の者たちは「やっとわかりました。ひどい人です」と口々にいった。「けちで、ラーメンしか食べないんです。それもこの前来たときは八十円だったといって、八十円しか払ってくれないので、僕たちが二十円ずつ追加して払ってました」などというなさけない話もきかされた。

やっと待ちに待ったさよなら公演の日が来た。幕のあく前に舞台裏へ行くと、係のものが、

「もういやになっちゃいます。出演料を箱に入れて、楽屋へ置いたらとられると思って、かかえて歩いてるんですよ」という。彼は、公演のあと遅く発つ飛行機で帰国する予定になっていたので、荷物は全部楽屋に置いてあった。しかしお金は心配で持って歩いているというのである。そこに居あわせた通訳が、

「ところがあの箱はからでね。お金はスーツケースに入れているんですよ。から箱を持って歩いて人々の注意をそらせてるつもりなんです」という。

なんとも複雑な話である。私はただただやっとこれで終わりだという安心と疲れで、心が沈むばかりだった。

彼は歌っていた。

くるみが一つ
くるみの中に何があるだろう
何が見える？

くるみがからを閉じてるときは
野原や山　そして小川
軍隊や兵隊　王さまや馬
学校の生徒や坊さん
そして太陽のかがやき……
くるみのからを割ったなら
もう何も見えない
かじって　食べて　そしてお休み

なんという詩情あふれた美しいシャンソンだろう。

貧しい仕立て屋の一生を歌った「パパは仕立て屋」の、なんと哀しく心を打つことだろう。

ロンタン、ロンタン（長いこと、長いこと）詩人が死んでしまっても、彼の作った歌は歌われるという、「詩人の魂」はなんと清らかな歌だろう。

それはみんなトルネが作って、そしてトルネが歌っているのであった。お金の隠し場所に窮して、舞台のピアノの中にから箱を置いて、その前で彼は歌っているのだ。魂の洗われるような美しい心を、夢を……。

まさしく狂人ではないか。

ジャン・コクトーははからずも、二十歳の若者の中に狂気を見たのだと思う。

熱烈な拍手の中で、幕が降りた。彼は最後の歌を歌うと、アンコールにも答えずピアノにかけより、しっかと箱をかかえるやものもいわずに楽屋にかけ去った。

一刻も早くだいじな金をかかえて立ち去らねば、とばかり、サインに現われたファンは突き飛ばし、誰ひとりに「さよなら」もいわず、片手に小箱、片手にスーツケースをかかえ、待たせてあった車に乗り込んだ。

トルネはさておき、親切だったピアニストのリエナールを空港まで送りたいと係の者たちはいっていたし、私もどうしようかと考えていたので、急ぎ足で車にかけよった。

彼はシートに座り込み、両手で箱とスーツケースを押えている。だから「さよなら」といっただけで、手も出せないのだ。

車が走り出すと、私たちは思わず顔を見合わせた。フッとため息が出た。

「やめよう」

まわれ右の気分で、私たちは「ブン」に飲みに行った。店にはいったとたん、私は古賀さんにいった。

「今夜だけはシャルル・トルネのレコードをかけないで」

歌に愛に生きる――ジョセフィン・ベーカー

「先生、私ももう年増になっちゃった」とか、「もう年だわ」などと、二十五、六歳の歌手がいうと、「なにいってるの、まだ若いくせに」と叱る。そしてそのたびに、ジョセフィン・ベーカーを思い出す。

ジョセフィン・ベーカーに初めて会ったのは、サンフランシスコであった。

終戦直後私は、クラシックをやめてジャズ歌手となり、楽団スターダスターズの専属歌手としてステージに立っていた。ジャズに転向したものの、そのころは外国映画は見られなかったし、譜面もレコードも手にはいらぬ、荒れた貧しい時代だったから、勉強したくとも、どのようにしたらよいのか見当がつかなかった。

外国に行ってみたい、本場のジャズを聞きたい、ミュージカルスというものを聞きたい、いろいろなことをこの目で確かめたい。

そう願っても、今と違って簡単に外国へは行けなかった。

たった一つの道は、留学生として渡米することだった。しかし英語は下手だから、大学にははいれない。今までの復習はいやだったが、しかたなく、言葉を使わなくともなんとかなる音楽学校の入学許可をとった。昭和二十五年八月、サンフランシスコへ着いたのは、二十七歳のときであった。

学校ではイタリア人の教師から発声だのオペラだのを歌わせられ、ピアノの時間にはショパンのワルツなど弾かされていたが、心ここにあらずで、授業がすむとジャズやミュージカルスのレッスンにかけつけて行った。

戦後のシャンソンとして、エディット・ピアフ、ジャクリーヌ・フランソワ、イブ・モンタンのレコードを聞いたのもサンフランシスコであった。

リュシエンヌ・ボワイエにかつてあこがれた私は、ジャクリーヌ・フランソワがきれいなやさしい声で歌う「ボレロ」に感激した。そしてイブ・モンタンの「枯葉」を聞き、エディット・ピアフの「愛の讃歌」に感動した。

戦争のために、新しいシャンソンは十年以上も聞いていなかった。しかし「ボレロ」も「枯葉」も「愛の讃歌」も、私の心にすんなりと、そして再び深くはいり込んできた。

そんなとき、「ゴールデンゲートシアター」という、日本でいえば日劇のような大きな映画館のアトラクションにジョセフィン・ベーカーが出演した。彼女は、「シャンソン・ド・パリ」の一集で「マヤリン」「マイアミの夜」を、丸みのある高い声で歌っていた。

ジョセフィン・ベーカーは、スペイン人を父に、黒人を母にセントルイスで生まれた混血児である。

幼いころは貧困のどん底生活で、寒さをしのぐために踊りのまねをして、飛んだりはねたりしていたのだそうだ。そのうち、ほんとうにダンスが好きになり、黒人のレビューグループにはいり、ニューヨークの舞台に立ったという。

十八歳のとき、その一行とともにパリ公演を行ない、センセーショナルな成功をおさめた。

〝こはく色の女王〟〝黒い真珠〟と呼ばれ、「カジノ・ド・パリ」や「フォリ・ベルジェール」のスターとして君臨した。

彼女の代表曲「ふたりの恋人それは故国とパリ」は、自分を認めてくれたパリに感謝を込めて歌った歌である。私もその歌が好きで、彼女のまねをしながら歌っていたのだから、うれしくてうれしくて毎晩劇場へ通った。

週末は一日三回公演なので、一回でも聞きのがすまじと、午前中から劇場に入りびたっていた。

「いつのまにか、私も四十五歳になってしまいました」と、彼女は舞台から語りかけた。

からだの線は少し崩れたとはいえ、パリジャンをうならせた脚線美は、目を見はらせるすばらしさだった。

踊り、歌い、語りかける彼女の舞台は、何度見てもあきなかった。衣装もディオールのゴージャスなドレスで、何回も着替えて目を楽しませてくれた。声も、昔に変わらぬ張りのある甘い高い声で、黒人独特のリズム感が、いっそう歌を引き立てた。

「好子に会いたい人はゴールデンゲートシアターへ」と友だちにからかわれていた私は、千秋楽の日、勇気を出して楽屋へ行った。彼女は暖かい態度で、気やすく会ってくれた。

「私は若かったころ、あなたのレコードをいつも聞いていました」と私がいうと、

「あなたは今も若いのに、そんなことをいって」と、ちょっと叱るように、しかしおかしそうに笑った。

その私が、今はジョセフィン・ベーカーと同じ年配になり、かつての私と同じ年ごろの若い歌手に「そんなことといって……」と叱ったりしている。

それが思い出されて、おかしい。

その後私はパリに渡り、思いがけなくシャンソンソン歌手としてデビュし、数年後南仏のニースで行なわれた国際シャンソンフェスティバルに日本代表として出演した。

華やかなフェスティバルで、第一夜はモーリス・シュバリエ、第二夜はティノ・ロッシ、外国からもアメリカ代表はダニー・ケイ、ヒルデガルトという、超一流の歌手たち

が出演した。

私が歌った夜は、ジョセフィン・ベーカー、ジャン・サブロン、ピアニストのエミール・ステルン出演の夜だった。私にとって最もはえある晴れの舞台だったと思う。ジャン・サブロンは、「夢をこわさないで」「去りゆく君」で大ヒットを出し、アメリカ、南米でも活躍している、インターナショナルな歌手である。

新人で無名の日本代表は、感激にふるえていたが、そのときは、十五年あとに音楽事務所を持ち、彼らを日本に招く身になろうとは、考えてもみなかった。サブロンは二回、ステルンは半年も、私のマネージメントで日本に滞在したのだから、人生とはおもしろいものである。

ジョセフィンとの再会はうれしかったが、楽屋には関係者やファンが詰めかけていたのでゆっくり話すひまもなく別れた。

しかし思いがけず、それから数か月して、私は彼女の住むミランド城を訪れることになった。世界各国から養子をしている彼女の取材を、日本の女性誌から頼まれたからであった。

彼女はそのしばらく前、エリザベス・サンダース・ホームのチャリティーショーのため、日本を訪れている。このときのことは、沢田美喜夫人が、著書『黒い肌と白い心』に書かれているので、お許しを得て抜粋させていただくことにする。

ご存じと思うが、沢田夫人は元国連大使沢田廉三氏の夫人で、戦後は混血孤児のためにエリザベス・サンダース・ホームを設立され、身寄りのない子どもたちのためにつくされていた方である。

《ベーカー女史と混血の子》(『黒い肌と白い心』より)

一九五四年のある日のこと、私が戦前、ニューヨークで別れたままになっていたジヨセフィーン・ベーカーから、一通の手紙が届きました。

「あなたは以前、悲しい差別をうけていた私のために、いろいろと尽して下さいました。あれから、もう十八年たちます。こんどは私が、そのお返しをする立場になりました。私は日本に行って、あなたの子供たちのために歌います。一文の報酬も考えないで下さい。お金になることでしたら、何にでも私を使って下さい。ただ一つ、私にはお願いがあります。私のために、一人の孤児を養子に下さい。私はいま四人の違った国籍の子を養子にしています。日本の子も欲しいのです。いずれお会いして話しましょう」

私は三回目のアメリカ旅行の帰りに、パリに立ち寄りました。そして、彼女の日本行きのことについて、くわしく話し合いました。次の年――一九五五年、彼女は日本に飛んできて、二十三回もの演奏会を開いてくれました。もちろん、報酬は一文もとらず、つれてきたピアニストの俸給まで、自分で払うといってきかなかったのです。

彼女はホームの子供たちのため、日本中、至るところで歌いつづけてくれました。

私はこれによって、二十人入りの男子寮をホームの山の下につくることができたのです。しかもジョセフィーンは、ホームから二人の子供を養子にして帰国しました。

彼女に対して、私は厚く感謝しております。

ジョセフィーンのところにもらわれて行った二人の子は、いずれも王子さまのように、十二世紀の名高いドルドーニュ州のミランド城内に暮らしています。私はこれまでに二回、この地を訪れましたが、〝王子さま〟のフランス語は、南方のアクセントそのままに、聞いていてかわいらしいほどでした。


冬の寒い夜、私は写真家の高田美さんと、ドルドーニュ行きの汽車に乗り込んだ。もうあまりにも前のことなので忘れてしまったが、ミランド城に着いたのは翌日のお昼前であった。

河の流れが見おろされる静かな村がミランドで、そこに十二世紀ごろに建てられた石づくりの立派なお城がそびえていた。

案内された三階建てのホテルは彼女の経営で、一部屋ごとにかつて彼女が巡業した土地の名がつけられていて、家具調度もそのふんい気にデザインされていた。私の部屋は

〝マイアミ〟。竹を使った南国風な飾りつけで、ベッドカバーもカーテンも、赤に濃いグリーンで南国の木々が描かれていた。「マイアミの夜」――「シャンソン・ド・パリ」の中にもはいっていたその歌を口ずさみたくなるような部屋だった。

荷物を置いて高田さんとふたり、だらだらと坂を登ってお城へ向かった。道の両側には、おとぎ話にでも出てくるようなかわいいコテージが建っていて、門のところに「ふたりの恋人」「かわいいトンキン娘」などと、彼女のヒット曲の名が書いてあった。貸し別荘なのである。

お城は中をすっかり近代風に作り直し、スティームがはいっていて暖かく、住み心地がよさそうだった。三階の居間からは、ドルドーニュの森やそれに続く平野や河の流れも見渡せて、絵のような景色であった。

ジョセフィンはアキオを連れてそそくさと現われた。髪にターバンを巻いたセーター姿で、

「せっかく来てくださったのに、アキオを連れて今日の午後パリへ発つんです。赤十字の講演があって」

「これを読むのですよ。聞いてくださる?」

彼女は暖炉の前に座ると、長い長いスピーチを読んできかせた。アキオは混血なのだろう、縮れた黒い髪の美少年で、ジョセフィンの足もとにうずくまるようにして座って

いた。「世界に平和を。世界から人種偏見をなくそう。人間は皆平等に手をつないでゆこう」といった主旨であった。

「私は身を粉にしてこのために働いてゆきます。今子どもたちは八人。皆仲よく暮らしています。この子たちが大きくなって、手をつないで世の中を渡ってゆくとき、それを見る人々はきっとわかってくれるでしょう。国籍が違い、肌の色は違っても、人間は愛を持って手をつないで生きてゆけるということを」

彼女はあわてて立ち上がった。

「もう行かなくちゃ。夫があなた方のお世話をしますし、ほかの子どもたちにも会わせます。女の赤ちゃんもいるんですよ。ゆっくり泊まっていってくださいね」

私たちはちょっとがっかりした。もっと彼女から話を聞きたかったからである。

しかしかつて「カジノ・ド・パリ」の指揮者であった夫、ブイヨン氏は親切な人で、ジョセフィンの生い立ちから「カジノ・ド・パリ」の舞台までをロウ人形で作った博物館を見せてくれたり、河辺に作られた子どもの劇場や遊び場へ案内してくれた。食事は林の中に作られたスナックバーでおいしくいただいた。すべて彼女の経営なのだった。

子どもたちのお昼寝がすみ、おやつを食べているとき、私たちは台所へはいって行った。ジョセフィンのまっ黒なお母さんを中に五、六歳の五人の子どもがテーブルを囲んでいた。ブロンドでまっ白な顔に赤いほっぺのフィンランドの子ども、ちょっと青白いフランス人の子ども、目のくりくりした黒人の子ども、よく気のつくユダヤ人の子ども、テルはきかん坊で、性格の強そうな子であった。

皆ミルクとタルティーヌを食べていた。食後庭へ出るときは、色とりどりのヤッケを着せられて、みとれてしまうほどかわいらしい姿だった。

私はお守りさんよろしく、彼らとしばらく棒きれで剣劇のまねをしたり、かけっこなどをして遊んだ。まだ白い毛布に包まれたイスラエルの赤ちゃんふたりにも対面した。なんとすてきなことだろうと思った。新鮮な空気に包まれた立派なお城の中で暮らしている彼らは、なんとしあわせなことだろうと思った。

しかしホテルにも博物館にも子どもの遊び場にも、私たち以外、人影もないことが気にかかった。

「これでうまくゆくのかしら」

「ずいぶんお金かけてるけど、夏にでもなったらお客さまが来るのかしらね」とふたりで話しあった。

しかし私はその後日本に帰り、芸能活動を始めたので、彼女のことも忘れがちであった。

ところがしばらくして、沢田夫人からお電話があり、何のことかしらとお会いしたら、「ジョセフィーンが来日公演をしたいといってきたの。何か考えてくださらない」といわれた。

一九五六年、私は彼女がパリの「オランピア劇場」で行なった引退公演を聞きに行っている。

昔からのファンなのだろう、品のよい白髪の老人が、

「ジョセフィン引退しないでおくれ。あなたはまだ若い、もっともっと歌っていてください」と立ち上がって叫んだ。

確かに舞台姿の彼女は、美しく若く見えた。声も変わっていなかった。「歌手は引きぎわがたいせつなのです」彼女は舞台から答えた。そして、

「私は今ミランド城へ帰って行く。子どもたちが待っている私たちのお城へ私は帰って行く」と静かな声で歌った。

ほおに涙が伝わった。聴衆も皆すすり泣いた。

劇的なさよなら公演であった。

その感激は誰よりも彼女自身が味わったはずである。それなのに何故また歌い出すのか、おかしなことだと思った。

ジョセフィン・ベーカーと沢田夫人の長い友情は、『黒い肌と白い心』に書かれているので、また抜粋させていただく。

昭和十年二月、私がニューヨークに着いた日は、何十年来の大雪でした。ちょうどそのころ、ジョセフィーン・ベーカーが、ジークフリード・フォリーズと契約して、ニューヨークに来ることになりました。（中略）

すばらしくスマートなイル・ド・フランス号はしずしずとハドソン川をのぼり、桟橋に横付けになりました。私はジョセフィーンとの再会の喜びに、飛び立つ思いで港にとんで行きました。ところが、アメリカ人の自動車の運転手がいいました。

「奥様、黒人のベーカーをこの車に乗せなくてはいけないのですか」

「フン」

私は返事をするのでさえハラだたしく感じました。（中略）

私は渋い顔をしている運転手をシリ目に、ジョセフィーンを私の自動車に乗せました。ホテルに来ると、事務長のような人が来ていいました。

「ただ今、ホテルは満員です。奥様」

私は次のホテルに行きました。こんどはマネージャーが顔を出していいました。

「お気の毒ですが、もう全部予約ができていて、空室は一つもございません」

そうして、私は夜になるまで、十一のホテルをまわって全部断わられてしまいました。（中略）とうとう暗くなってから、私の住むアパートに連れて来ました。（中略）

ジョセフィーンはその夜、一晩泣き明かしたのでした。

「アメリカはなぜ、その娘がヨーロッパで成功して帰って来たのに、手を広げて迎えてくれないのでしょう」(中略)

ジークフリード・フォリーズがいよいよきびしい舞台げいこにはいりました。そのリハーサルも血の出るようなきびしい、だが、すばらしいけいこぶりでした。ジョセフィーンは非常な忍耐をもって耐えていきました。そばにいる私が、ときどき、髪の毛が逆立つほどくやしく思うことも、彼女はじっと歯を食いしばってこらえていました。しかし、彼女の誇りにかけても、その忍耐に限度があります。(中略)

フィナーレで全員が舞台にならんだとき、そのなかのカボチャのような顔をした赤毛のスターがいいました。

「ジョセフィーンは一幕前にホテルに帰ってくれ。このフィナーレは白人だけのほうがいい」

ジョセフィーンは、舞台にかけ上がりました。そして、彼女は叫びました。

「あなたたちのその白い皮膚の下には黒い心がある。そして私の黒い皮膚の下にはまっ白い心がある」

そのときくらい、美しい、すばらしいジョセフィーンを、私はいままで見たことはありませんでした。

私も長いことアメリカで学生生活をしたから、彼らの人種偏見は知っている。ジョセフィンではないけれど、私も留学生としてサンフランシスコへ行ったときは下宿をさがすのに苦労した。「空き室あり」という札が下がっていても、「今決まってしまってね」と何軒も断わられた経験がある。

黒人にはもっとひどい態度だったことも知っている。

しかしパリへ行ってから私の耳にはいるジョセフィンの噂は、全部すばらしいものばかりだった。皆彼女の歌を、舞台をほめそやした。楽屋裏の評判はもっとよかった。「カジノ・ド・パリ」の衣装係が私の世話をしていたことがある。彼女はいつも、「ジョセフィンの次に好きな歌手はあなたよ」といった。ジョセフィンほど親切で心のやさしい人はいないといつも聞かされた。ダミアもジョセフィンを好きで、彼女のことを話すときは、うれしそうだった。

だからなんとなく、彼女はしあわせな人のように思い込んでいた。彼女が若いころ受けた傷がどんなに深く心に食い込んでいるか、あまり考えなかった。

彼女が熱心に読んで聞かせたスピーチ。目に輝きを見せて語った人種的差別反対の声が、初めてまざまざと聞こえてくる思いであった。

けっきょく公演の話はうまく進まなかった。ミランド城の経営不振で、来日するどころではなくなったからである。

「抵当に入れたんですって」

「南米巡業でお金を作るそうよ」

「だいたいあんなへンピなところで始めたのがよくなかったのよ。南仏なら旅行者も多いのにね」

いろいろな噂が聞こえてきた。

そして昨年の冬の朝、彼女の悲しいニュースに接した。新聞にはやつれた彼女の写真がのり、「雨の中でジョセフィン・ベーカーさんは居座りを続けたがついに倒れて病院に運ばれた」。抵当流れになったお城から、子どもたちを連れて移って行く場所もなく、居座るほかなかったのかと思うと胸がいたんだ。

あのすばらしいすてきなお城の、どこに座っていたのだろうかと思いをめぐらした。愛らしい天使のようだった子どもたちの姿も目にちらついた。

そして私は四月、シャルル・トルネとの話し合いのために突然パリを訪れた。

「ジョセフィンがクラブに出てるわよ。あなたに会いたいっていってた」と友人が告げてくれた。

肌寒い雨のひっきりなしに降る夜、私は友人とふたり、「ラ・クリュール」というクラブへ行った。入り口には大きく、〝ラ・クリュール・ジョセフィン・ベーカーの家〟と書いてあった。

あのあと、彼女と子どもたちのために、家を一軒提供してくれる人が現われ（モナコのグレース王妃が、レニエ公に頼んで家を提供したともいわれる）、今は安心してクラブの仕事を始めたのだと聞いた。

「ラ・クリュール」は、画家のロートレックが広告を描いている古い有名なクラブであるが、長いこと閉めていたためか、壁も汚れていて、ふんい気にとぼしかった。ひさしぶりに会ったジョセフィンは、ずいぶんやせて、目の下もたるみ、生気がなかった。

「日本には行きたいの。アキオとテルオを連れて。アキオは立派になって、下の子どもたちもみんな尊敬しているわ」

「沢田夫人に見せたいわ」

落ち着いて話はできなかった。お客さまが帰ろうとすると、彼女は立ち上がって出口に行ってしまう。女主人らしく愛想よく、「またいらしてね」と話しているところに、また新しいお客がはいってきて、「まあようこそ」といったぐあいなのだ。私は二時間以上いたが、とぎれとぎれに十分くらい話しただろうか。

彼女は一時間おきに舞台に立って歌った。声は美しかった。おどけてもみせた。人々は喜んでいるようだった。

けれども私は、見ているのがつらかった。せいいっぱい、ぎりぎりまで努めているのが感じとれるからだった。

舞台を降りると、また私の横に来て、

「日本はなつかしい国だわ」と話しかけた。手にウイスキーグラスを持っていた。お酒でも飲まなくては、耐えられないのではないかと思われた。

「今は行かれないわ」

「でもいつか必ずね」

私は立ち上がった。ジョセフィンは出口まで送って来た。

「外は冷えてきたわ。さ、のどを冷やさないように」

彼女は私のコートの衿を、まるで母親のようなやさしいしぐさで立ててくれた。そのやさしい動作に、思わず胸が熱くなった。

「マダム沢田によろしくね」

彼女は心を込めていった。沢田夫人を知っているというだけで、私にまでやさしくせずにいられないのだった。

それから数年たったある日突然、沢田先生から電話がかかった。

「ジョセフィーンが明日羽田に着くの。私、いま沢田の法事で鳥取に来ていて帰れないのよ。すまないけど迎えに行ってくださいな」とのことだ。

何はともあれ羽田へかけつけたが、ターバンをかむり、片手に靴をかかえたはだしの黒人が現われたときは、びっくりしてしまった。

「かかとが壊れた」といったが、何ともミゼラブルな姿であった。

翌日、夕食をともにした。こざっぱりしたワンピース姿の彼女は「ラ・クリュール」のころよりはずっと元気になっていた。二人の留学費は今は出せない。日本公演でその費用を作りたいという。公演といっても急に引き受けることはできないので、翌年のパリ祭に合わせて来日してもらうことに決め、それまで私が前払いで留学費を渡すことにした。

「日本人なのだから、日本語も勉強させたいし、日本のことも知らなくてはいけないと思うの。ほかの子どもたちも、ノルウェーの子どもはノルウェーにゆかせたし、アフリカの子はアフリカへ連れていったわ。生まれ故郷は忘れさせたくないの」

「子どもたちとしばらく別れるのは辛いわ」

ふっと言葉がとぎれた。涙が頬をはらはらとこぼれた。私は、育った子どもたちが手元から離れてゆく感傷の涙かと思っていた。しかし彼女は激していた。激しく心の中で揺れ動くものと戦っているようだった。

「ジャノのお母さんは肺病で死にかけていて、私の腕にジャノを押しつけて『早く連れていって』と叫んだわ、あなた知っているでしょう。知っているでしょう」まるで私がその場に居あわせた人のように手をゆすぶった。

「でも、人は私を人買いといった。売名行為だという人もいた」

「それは違うわ。本当に子どもたちのことを思って、そして大切に育てたわ」

彼女は泣きつづけた。私は言葉もなく見ていた。

彼女は子どもたちの留学費を得るために、落ち着くこともできず歌いに出なくてはならない。ノルウェーの子どものためには、ノルウェーでコンサートを開き、黒人の子どものためには、ヨハネスブルグで歌った。そして今は、日本の子どものために、公演の打ち合わせをしている。

見た目には若く元気でも、もう六十五歳だ。面《おもて》をあげ、精一杯生きていても、ふと心がゆるんだとき泣いて泣いて、泣き伏したいことだってあるのだ。

「大丈夫よ。日本の人たちはあなたのことわかってるわ」「子どものことも沢田夫人とよく相談して、決して悪いようにはしないわ」

私は彼女の背をさすりながら慰めた。

二人の子どもの姿が目に浮かんだ。

アキオはスペイン系の混血か、ぱっちりした黒い目、髪も黒でよく太ったチャーミングな子どもだった。ジャノと呼ばれているテルオは、東洋人との混血なのでまったく日本の子どもと変わらなかった。一番甘ったれだった。来日したら私もできるだけ会って世話をしようと心にきめた。

二人の子どもたちは二か月後に羽田に着いた。

ふっくらと可愛かったアキオは、顔色のすぐれぬやせた青年になっていた。片目はほとんどみえないという話で、室内でもサングラスをかけていたから、ますます陰気にみえた。

ジャノはまだ十六、七歳だというのにでっぷり太り、動作もにぶく、少し精薄のようだった。

「全く困ったわね」さすがの沢田先生もため息をつかれたが、それでもてきぱきとアキオは上智大学へ、ジャノは園芸の会社へ見習いとして入れた。

私は彼らをどうあつかってよいか分からず、お手上げ状態のまま、ただ毎月の留学費だけを前払いしていた。

翌年の七月、羽田に降りたったジョセフィン・ベーカーは、晴れやかな笑顔をいっぱいにふりまくスターになっていた。着いた夜、沢田夫人がアキオとジャノを連れて来て、皆で食事をした。

「さ、日本語でお話しなさい。ママはわからなくてもあなたがマダム沢田やマダム石井と話してくれれば、とてもうれしいのだから」という。

ところが彼ら二人は、ジョセフィン・ベーカーと同じくらいしか日本語は話せないのだ。日本語で話しかけても二人にはちんぷんかんぷんなのに、大体が早わかりの人だから「ああ、うれしいうれしい。二人とも立派になった。よく勉強をしましたね」なんていってる。

ジョセフィンが日本公演をしている間、二人の子どもは一応、付人のようにお茶を運んだり、荷物をもったりしてついていた。アキオは要領よく、うまくとり入り、ジャノは気がきかないなりに水などはこんでいた。

彼女は四年前、「ラ・クリュール」で歌っていたときとは違ってすばらしい衣装をもってきていた。黒のスパンコールの衣装はホットパンツで、黄金の足といわれた脚線美を見せて踊りかつ歌った。白のドレスにもキラキラ光る石がたくさんついていて豪華だった。

ある夜、子どもたちと夕食をしていて楽屋入りが遅れた。「もうじき出番よ」というとひどくおこって「仕度ができてないのよ。絶対ダメ。あと二十分かかるの」と大声でどなる。「出番の時間は前から決まっていたでしょう。いそいでください。私も手伝うから」というと、それもダメだという。衣装を着替えるときは、どんなときでも一人になった。手術のあとがある。身体がたるんでる。それは絶対見せない。足も美しく見せるために、三枚くらい、特別に薄いエラスティックのストッキングをはいていたようだった。

テレビのとき、「痛い痛い」といっている。靴が高すぎ、細すぎて痛いのだ。「ぬいでいたら」というと、「ぬいだらもう入らないから、我慢する」といって踊った。テレビのすんだあと、しばらくは歩けなかった。

黒人の毛はちぢれていて短い。彼女の素の頭を見た人はいないと思う。ふだんはショートカットのかつらだが、舞台では高い帽子、高いかつらをかむっているから、頭の地にピンが刺さるらしい。「美しくみせるためには、男の人には分からない我慢が必要だわ」とよくいった。

がんばり屋だった。

「私はゼリーが好きなの。これしか食べたくないの」といいはっていたが、実はやせたいためだった。

歌は若い頃より味が出てよくなっていた。

黒人のリズムを身につけていたから、若々しい歌いぶりだった。

ある日、部屋にゆくと沢田夫人とジョセフィンは二人きりで話しこんでいた。子どもを育てる苦労話をしていたらしい。

「あなたは子どもがいなくて、いいわね」

そんな言葉を聞くのは初めてだった。

「私は思いあがっていたわ」とジョセフィンはいい、沢田夫人は、

「あなたは、子どもを甘やかせすぎたのよ」と答えた。

沢田夫人は、沢山の子どもたちをあるときは生徒のように、あるときは母代わりに、しかしけじめをつけて公平に教育した。しかしジョセフィンは、子どものために働きに出なくてはならなかったし、たまに家にいれば猫っ可愛がりの愛し方をしたらしい。母親になりたかった人は母親になりそこね、子どもたちはてんでんばらばらの気持ちで暮らしているようだった。

ミランド村で幼い子どもたちを見たときは、ジョセフィンの夢がかなったと思った。ミランド村を訪れてから何年過ぎたのだろう。今ジョセフィンはがっくりと肩を落としていた。苦労に押しつぶされそうな姿だった。血のつながらぬ妹を単に女性とみる兄だっている、男を知った女の子は夜あそびに明け暮れる、母親の金や宝石に手をつける。そんな少年少女に彼女の心はふり回されていた。

「よい子もいれば悪い子もいるわ。うちだって成功してる子もいるし、今、牢屋に入っているのもいますよ」

沢田夫人がきっぱりと愚痴にとどめをさして立ち上がった。

帰国の前日、沢田夫人が夕食にさそってくださった。

私たち三人は、鉄板焼きをおいしく楽しくいただき、それでおひらきかと思ったら、沢田夫人が「これから相模原のキャバレーにゆきましょう」という。相模原のキャバレーでホームを出た黒人の子がドラムを叩いているからジョセフィンにはげましてもらうのだという。音楽会のあとの食事だったからもう十一時をすぎている。私はがっくりしてしまったが、「ゆきましょう、ゆきましょう」とジョセフィンは張り切った。

相模原が車で一時間以上もかかるところだとは知らなかったからではないかと思う。とにかく私たちは出かけた。人通りも少ない淋しい駅前にはキャバレーのネオン・サインばかりギラギラ輝いていた。男の人たちがホステスと遊びにくるところだから、私たち三人の姿はまったく異質で、皆ふりかえった。

耳もつんざくフルバンドの演奏の中を席につくと、確かに黒人の青年がドラムを叩いていた。

「ノブカズ　叩いてるわ　あれがノブカズ」先生はうれしそうに声をあげた。

演奏を終わってから、彼は店の支配人と一緒に席にやって来た。

彼は日本女性と結婚し、子供が生まれたと写真を見せた。そのとき支配人が「実は私の娘も黒人と結婚しましてね。これが孫です」と写真を出した。ジョセフィンは「ありがとう、ありがとう」といいながらその男の手を握って涙ぐんだ。

大磯のサンダース・ホームまで夫人を送り、東京へ向かったときはすでに二時を回っていた。私たちは疲れはて目をつむってぐったりしていた。突然、彼女がいった。

「キャバレーのマネージャー、勇気のある人だわ。黒人の孫の写真を自慢そうに見せたものね」

私は何といってよいか言葉が出なくてそっと彼女の手を叩いた。

「マダム沢田は私の姉よ、あなたは妹よ」

それがお別れの言葉になった。

文庫版のためのあとがき

かつて『ふたりのこいびと　シャンソンと料理』というタイトルで文化出版局から出したものに、あらたに「パスドックの家」を書きくわえたものが、改題して文春文庫に入ることになった。

私がシャンソン歌手としてデビューしたのも、また食べるたのしみ・料理を作るたのしみに目ざめたのもともにパリで生活したおかげであった。そしてシャンソンも料理も、いまや私にとって無くてはならないものになっている。

その日常のたのしみである料理と私の生涯をかけた仕事であるシャンソン、この二つについて書いた本書を、より広く読んでいただけることになって嬉しいかぎりである。

音楽家には食いしん坊が多く、そしてまた料理のうまい人が少なくない。

たとえば、〝シャリアピンステーキ〟は、来日したソ連の歌手シャリアピンが特別注文して作らせた玉ネギをのせたステーキのことであるし、〝トゥルヌドー・ロッシーニ〟

は、イタリアの作曲家ロッシーニが創作したフォワグラをのせた牛のヒレ肉料理の名称である。

日本でも〝われらのテナー〟と愛された藤原義江さんがよく食べたステーキは、〝ステーキフジワラ風〟と命名されてメニューにのっている。

また料理というものを一つの芸術の域にまでたかめた美食家にして作家のブリヤ・サバランも、もとはといえばヴァイオリンの奏者であった。

そんなことを考えあわせると、シャンソン歌手の私が料理とシャンソンについて書いたのもごく自然なことのように思える。

ただ皆さまにこの本をおいしく読んでいただけたかどうか、それが心配である。

石井好子

解説　なんでもないことのおいしさ

朝吹真理子

彼女はなんでもない食べものに感激する。豪奢な料理はほとんどでてこない。パリ生活で知った食べものも、市井のものだから、レタスの歯ざわりをよりゆたかにするフレンチドレッシング、ラディッシュを生のままバターをのせてたべる前菜、女中さんが週に二度食べる安肉のぶ厚いステーキ。よく焦げのでたきつね色の薄切りトースト、マヨネーズにウースターソースを混ぜて食べる山荘の魚のフライ、彼女の夫がよく好んで食べた、炊いたごはんのうえにバターをおとし、しょうゆをたらしたふわふわのおかかと味噌汁の具のとうふをのせて食べる洋風ウツミ豆腐。糊付けされた真っ白のテーブルクロスの上でしゃっちょこばってくちに運ぶものではない、日常の食べもの越しに、楽しく生きるひとびとのすがたがみえる。書き手の「おいしい」と思う心がそのままことばになっていて、彼女は料理が好きというよりも食べることが好きなひとなのだと思う。

ほとんど自分が食べた味そのもののことを書いているから、「おいしい卵」という漠然とした表現も、文章全体を読んでいると、たしかに「おいしい卵」はそうとしか表現できないという気にさせる。「心が伝わってくるお弁当」でも、食が細かった子供時代の弁当の話から、めはりずしのような地方の駅で買った駅弁の話、パリの駅弁、そして料理作家のつくった弁当の話へと、食べたものを舌が思い出すままに文章を書いている。弁当の中身が「焼きむすびと卵焼きと奈良づけ」となにが入っているかを明記するだけなのが、かえってそのシンプルな弁当そのものへの感動が伝わってくる。「悲しいときにもおいしいスープ」を読んでいると、感情の話をしているのに、きみょうにかたりがさっぱりしている。シャンソン歌手のダミアや、ジョセフィン・ベーカーとの交流も、あったことが淡々と書かれているほうが、読む方に感情の機微が浮かび上がってきて、ものさびしくなる。

石井好子は、血縁関係で示せば、私の祖母の妹なので、大叔母にあたる。書かれていることばを読むとき、平常、彼女のことを「好子おばちゃま」と呼んでいたが、親族としてのすがたはふしぎと浮かばない。

彼女が書き残した文章を読んだのは、彼女が他界してからだったから、生きていたときには紡げなかった交流を、遺された本を読むことによって、時空を跨いでつづけている。

私が知っている大叔母は、酔っ払ってフランス大使館の絨毯にシャンパンをぶちまけているすがたや、テムジンというよく吠えるヨークシャテリアをかわいがって飼っていたすがたが、ぼんやり頭を過ぎるばかりだった。私は背丈が彼女に似ていたので、ときどきお下がりの洋服や着物が届いた。派手すぎる銀色のラメニットはどう着ていいのかわからず、部屋着としてもう十年以上、真冬になるたびに箪笥からひっぱりだして着ている。

何度か、彼女といっしょにお正月を別荘地で過ごしたことがある。三が日を過ぎたころだったか、白菜をくつくつ煮た鍋をつくってくれた。その味が好きで、いまも、好子おばちゃまの鍋、というあいまいな呼称で、ときどき思い出しては、それをつくる。材料はいたってシンプルで、たっぷりの白菜、春雨の束、鶏肉、豚肉。部位は問わない。ピェンローから来ているのかもしれないが、ピェンローよりもさらに手のかからない料理になっている。お酒とおせち料理の反復で内臓が疲れてきたころに食べると、胃がやわらかくあたたまってゆく。

大きめの鍋に、大量の白菜、豚肉、鶏肉をぎゅうぎゅうに詰めて、お酒と鶏ガラスープの素で煮る。生姜をスライスして投入してもおいしかった。白菜が柔らかくなってきたら、たっぷりの春雨を投入して一煮立ちさせると、完成する。仕上げは、塩こしょう。

銘々皿で、ごま油をたらしたり、お酢をたらしたり、味のあんばいを調節する。白菜と春雨が入っていればあとはなんでもいい。シンプルな味で、いくらでもくちに入り、体がぽかぽかになる。一人暮らしをするようになってからこの鍋をつくる回数が増えた。二十分くらいでつくり終えるから、帰宅が遅い日に無性に食べたくなる。いつもきちんとお化粧をしてイッセイミヤケのドレスを着ていた大叔母から、こうした柔らかいお鍋があらわれたことをふしぎに思っていたが、彼女が好んで食べていたものを読むと、気どらないひとだったのだと、いまになって気づく。

トースト一枚にしても、よりおいしく大切に食べようとするすがたをこの本のなかで発見した。知っていたはずの人に、もう一度はじめて会うような瞬間だった。

（作　家）

単行本「ふたりのこいびと――シャンソンと料理」
（一九七〇年三月文化出版局刊）を改題
本書は、一九八三年に刊行された文庫の新装版です

※本書には、今日からすると差別的表現あるいは差別的表現ととられかねない箇所が含まれています。しかし、著者がすでに故人であることと時代背景を考慮し、底本のままとしました。
（編集部より）

文春文庫

パリ仕《じ》込《こ》みお料理《りょうり》ノート

定価はカバーに
表示してあります

2016年4月10日　新装版第1刷
2024年10月1日　第4刷

著　者　石《いし》井《い》好《よし》子《こ》
発行者　大沼貴之
発行所　株式会社　文藝春秋

東京都千代田区紀尾井町3-23　〒102-8008
TEL　03・3265・1211㈹
文藝春秋ホームページ　https://www.bunshun.co.jp

落丁、乱丁本は、お手数ですが小社製作部宛お送り下さい。送料小社負担でお取替致します。

印刷製本・TOPPANクロレ

Printed in Japan
ISBN978-4-16-790603-0